# 醫拯天下

第二輯之8

## 醫聖傳奇

趙奪 著

# 目錄

CONTENTS

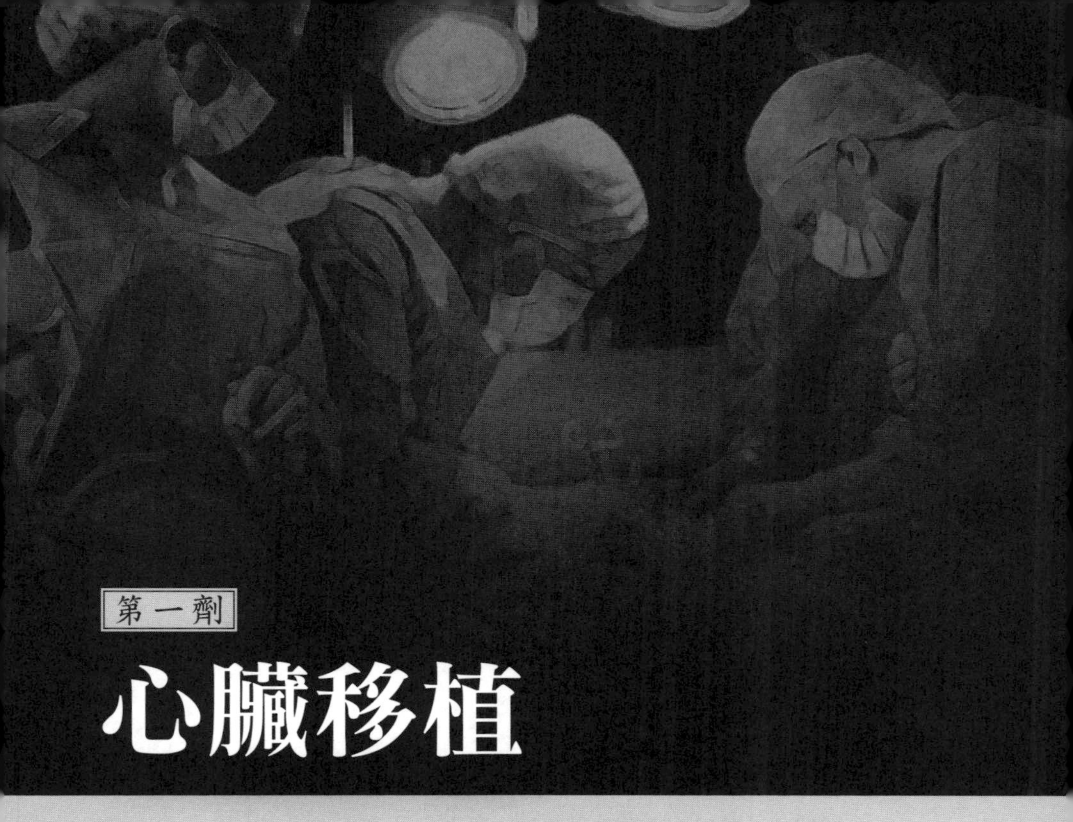

第一劑

# 心臟移植

「你的意思是？」

李傑看著手裏的資料，有些默然地坐在醫院的大廳裏，向坐在對面一臉愁容的葛雷比爾問著。

「心臟移植！」

葛雷比爾毫不含糊地說了一句，便死死盯著李傑的眼睛，想從李傑那裏尋找到接受的想法。

心臟移植！

李傑嘴裏默默地念著這句話，眉頭緊鎖了起來。

這個消息該如何告訴夏宇，這是一個比較難辦的問題。

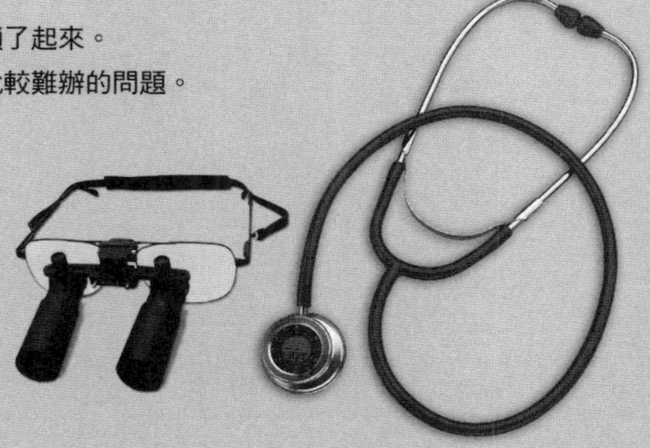

「你的意思是？」李傑看著這個從來不穿白大褂的葛雷比爾，讓這個個性鮮明的傢伙，把這個所謂的「海盜船計畫」好好給自己解釋一下。

聽到李傑的這個問題，葛雷比爾的嘴都快咧到天上去了。心裏暗暗爽著：終於有這個李傑不知道的事情了，看來我還是更勝一籌啊！

「讓我來給你好好講一講！」葛雷比爾摟著李傑的肩膀，得意地將那張只寫著兩個單詞的紙給拿了回來。

李傑在一旁聽得一頭霧水，到最後，他只聽懂了葛雷比爾的一句話：「給夏宇做一個很普通的檢查！」

看著幾個護士把夏宇推到了檢查室，李傑總算是明白了葛雷比爾口中的那個「很普通的檢查」了。

其實這個檢查十分簡單，就是讓病人躺在一個底部裝有轉軸的平台上，然後控制平台的搖擺。

在平台搖擺的過程中，會使病人的心臟受到刺激，在這個刺激的作用下，病人原本虛弱的心臟會將病灶通過病徵表現出來。

不過這裏的技術更加先進，只要有那麼一點點的刺激，病人的心電圖便會發生一系列的改變。

接著，這一系列的心電變化，便會通過若干個導連在病人體表的收集器，在電腦的幫助下，進行集成放大。

然後這些經過處理的微弱電信號，便會以更加直觀的形式顯現在監控室的螢幕上，從而就不用等病人病情加重以後再做確診了。

「看，挺像是一個海盜船吧！」葛雷比爾站在監控室的玻璃幕牆前，十分得意地指著晃來晃去的平台。

看著躺在平台上的夏宇，李傑對葛雷比爾的話沒有做任何的表示，只是用一種複雜的眼光看著這一切。

檢查已經進行了十幾分鐘，可是監控室內的螢幕上，夏宇的各項生理指標，都是正常得不能再正常了。

難道是自己的那一副中藥的藥效還在持續？看著夏宇一切正常的生理指數，李傑的腦海裏畫出了一個巨大的問號。

在監視器旁邊的葛雷比爾也是一臉的焦急，不過除了焦急，還讓他感到不小的疑惑。

「這個神秘的中藥真是這麼厲害麼？」這個疑問在葛雷比爾的腦海裏已經盤旋了很久。

按照李傑拿來的那一份病歷來看，夏宇的病情雖說還不是十分危險，不過也不容樂觀。但是從夏宇目前的情況來看，似乎病情還沒有預料的那麼糟糕，這一切都是那麼相互矛盾和不協調。

檢查還在繼續，葛雷比爾的表情不再是以往李傑看到的大大咧咧的樣子了，他的眉頭緊鎖著。一邊死死盯著監視器，一邊還不停使勁搓著下巴，彷彿要把自己的下巴搓下來一樣。

李傑沒有看監視器，他看著躺在平台上的夏宇，從黑色眼睛裏流露出來的目光，顯得十分複雜。

他既盼望夏宇的病情不要惡化，又盼望夏宇及早出現病情體徵。

如果夏宇的病情惡化，那麼他可能就喪失了好不容易爭取到的這一次手術的機會，而且會因爲那顆虛弱的心臟很快死亡。

但是如果夏宇不能及早出現病情體徵，李傑和其他幾個醫生無法對夏宇的病情做出一個非常準確的判斷。

沒有對病情準確的判斷，是無法再繼續以後的手術。如果就以之前病歷來作爲診斷依據的話，那麼在手術中，醫生和病人無疑就是和死神在賭博。

在這樣的賭博之中，醫生和病人往往是輸家。這樣的輸家誰也做不起，這是拿病人的生命作爲賭資的一場賭博。

檢查還在繼續，監控室內的氣氛，卻不像剛進來的時候那樣輕鬆了。所有醫生的臉上，都是一臉的凝重。

葛雷比爾的臉色比剛才更加難看，他用手使勁抓著自己的鍋蓋頭，似乎想把自己的頭皮給抓下來。難道是估計錯了？還是夏宇的病情已經得到了一定程度的恢復？

李傑除了臉上的表情有點焦急外，幾乎也沒有什麼表情了。他不想讓正在做檢查的夏宇有什麼過大的心裏負擔。

不過就是這麼一點點的焦急，還是讓躺在那裏做檢查的夏宇看了出來。夏宇看著李傑那略顯焦急的樣子，給了他一個安慰的微笑。

夏宇微笑的意思很明顯，他是向站在那裏一直看著自己的李傑表示：我很好，沒事。

李傑看到夏宇的微笑以後，也壓抑著自己的焦急，努力擠出了一個無奈的微笑，鼓勵著夏宇。

葛雷比爾看著李傑那個硬擠出來的微笑，暗自歎了一口氣，然後慢慢走到李傑的身邊。

他輕輕拍著李傑的肩膀，算是安慰了李傑。隨後靠在他耳邊，緩緩地說：「你不要過於焦急了！」

李傑聽著葛雷比爾的安慰，轉過頭來，看著眼前這個頂著一個鍋蓋頭的醫生，有些慘澹地笑了一下。

葛雷比爾看著李傑那個和哭差不多的笑容，歎了一口氣，也沒有對李傑說什麼，只是對裏面的夏宇展現了一個無比燦爛的微笑。

李傑看著微笑著的葛雷比爾，腦海裏頓時一陣恍惚，他有些不明白眼前的這個傢伙了。葛雷比爾的微笑裏面，除了強烈的鼓勵之外，就再也看不出什麼了。

夏宇看到葛雷比爾的樣子，也報以更加明媚的笑容。這兩個人的笑容，讓檢查室壓抑的氣氛一時之間也有了少許的消散。

「不要讓病人感到壓力。躺在那裏的不是你的好朋友，而是一個正在做檢查的病人！」葛雷比爾看著李傑的眼睛認真地說道，他似乎對李傑的焦急神色感到十分不滿意。

對於葛雷比爾的說法，李傑只得點了點頭，看著躺在那裏的夏宇，拚命地忍住了自己焦急的神色。

因爲李傑也知道，這個時候越是顯得焦急，越會給夏宇帶來極大的心裏負擔，對結果產生一定的影響。

「對於現在的情況，你怎麼看？」葛雷比爾把李傑拉到了監控室的角落裏，神色比李傑還要焦急。

李傑看著葛雷比爾，無奈地搖了搖頭。夏宇目前的情況，是李傑在以前從來沒有估計到的。

葛雷比爾在看到李傑搖頭以後，沒有說話，有些頹廢地靠在了牆上，一個勁地抓著自己的頭髮。

爲什麼會出現這樣的情況？這是葛雷比爾和李傑共同思考的一個問題。這個問題的答案還是需要他們自己在夏宇的身上找出來。

也就是說，夏宇目前的身體狀態，正處於一種非常特殊的情況之下，既沒有繼續惡化，也沒有好轉。

葛雷比爾抓著頭，李傑在那裏一個勁地焦急。兩個人一時間都沒有了什麼可以解決目前問題的方法。

「看來只有這樣了！」葛雷比爾用力地抓了幾把頭髮以後，握緊了拳頭，從咬緊的牙關裏擠出了這樣的一句話。

李傑站在那裏，並沒有阻攔，只是看著有些暴躁的葛雷比爾。他知道，不管在什麼狀態之下，這個葛雷比爾也不會做出什麼傷害病人的事情。

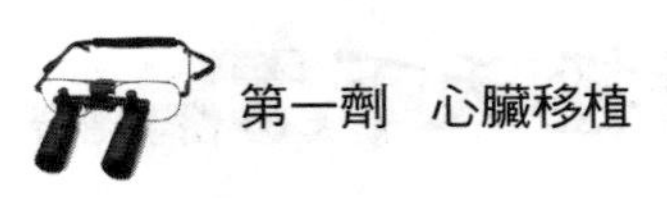


「夏宇，風浪要大一點了！」葛雷比爾抓起桌前的話筒，看著躺在隔壁的夏宇，微笑了一下，叮囑了一句。

夏宇聽著葛雷比爾那有些開玩笑的話語，微微地笑了一下，示意自己還能接受檢查。

葛雷比爾咬了咬牙，回頭看了一眼李傑，然後面無表情地將控制開關轉了半圈，平台搖擺得比剛才要快了幾分。

李傑看著葛雷比爾的樣子，靜靜地站在那裏，沒有發表任何的意見和建議，只是用一種焦急的目光看著夏宇。

其實，葛雷比爾用這種辦法，也是迫於無奈。除了用這種讓平台搖擺得更加劇烈的法子以外，他是一點辦法也沒有了。

葛雷比爾焦急地站在那裏，眼睛一動不動地盯著監視器，生怕會漏掉什麼異常現象。躺在平台上的夏宇，除了感覺到有點眩暈之外，就沒有什麼其他的感覺了。

「葛雷比爾先生，我有點頭暈！」躺在那裏的夏宇，面露難色地說了一句，似乎頭暈得難以忍受。

聽到這句話，葛雷比爾那抑鬱的神色有些散開。他沒有說話，還是緊緊盯著監視器。

李傑看了看夏宇，臉色有些沉重，在他看到葛雷比爾臉色稍稍散開焦急時，心裏便也有些放鬆的感覺了。

夏宇的各項生理檢測指標，還是和以前一樣正常，好像劇烈的擺動並沒有使夏宇虛弱的心臟出現什麼病症。

在經過了大約五分鐘的劇烈搖擺以後，葛雷比爾那散去少許愁容的臉色，又開始泛起了比剛才更加焦急的神色。

李傑的擔心並不是沒有道理，這樣的檢測都沒有什麼結果，那對夏宇病情的確診就是難上加難了。

「停了吧！」葛雷比爾看著正常的生理指標，在監控室轉了幾圈，靠在了牆上，有些不甘心地說了一句。

對於葛雷比爾的這種不甘心，李傑也是沒有辦法。他知道，這一次的檢測對於夏宇來說已經是盡了最大的努力。

「回到病房後，做二十四小時心電監控！」葛雷比爾無奈地說了一句。二十四小時心電監控是最後的一個手段了。

如果監控結果還是和剛才一樣，李傑他們就只能等夏宇的病情持續惡化下去，直到出現明顯的病徵以後再做確診了。

對於葛雷比爾的這個方法，李傑點了點頭算是同意了。監控，就意味著，他們目前只有一個「等」的辦法了。

這個辦法也是沒有辦法的辦法了，這個辦法也十分危險，就是讓夏宇這麼一直等下去。這也就是意味著，現在李傑他們放任夏宇病情的發展，並且就這麼持續惡化下去，直到出現了明顯的體徵。

如果在夏宇出現病徵後，不能很好地控制病情，那麼李傑他們所做的一切，就白費了。

「還有沒有其他的辦法？」李傑拉著葛雷比爾的手，一個勁地問著，顯得十分的焦急和不甘心。

此時的李傑已不是一個鎮定和心思縝密的醫生了，他現在就是夏宇這個患者身邊唯一的一個家屬。

「我……」葛雷比爾看著李傑焦急的樣子，張了張嘴，想說幾句勸慰李傑的話，卻怎麼也開不了口。

葛雷比爾就這麼握著李傑的手，轉過頭看著躺在那裏的夏宇，微微歎了一口氣，想努力說出什麼來。

「嘀嘀嘀嘀」，刺耳的報警聲充斥著不大的監控室，敲擊著每一個人的耳膜，原本寂靜的監控室裏開始嘈雜了起來。

李傑一個健步衝到監控器前面，看著螢幕上不斷跳動著的生理資料，眼裏充滿了擔心。

打算安慰李傑的葛雷比爾聽到報警聲以後，馬上就跑到了觀察窗的前面，看著對面躺在平台上的夏宇。

平台緩緩減慢速度，躺在上面的夏宇呼吸有點急促，除此之外就沒有任何病徵了。

看到夏宇這個樣子，葛雷比爾馬上命令守在跟前的幾個醫生，做好給夏宇吸氧的準備。

他知道，按照夏宇目前的病徵來看，還不能說明什麼問題，要讓夏宇的病徵進一步顯現出來，這樣才能更加準確地確認夏宇的病情。

「記錄資料！」葛雷比爾一把推開盯著監控器螢幕的李傑，快速按下了幾個按鈕，開始不斷調整著平台搖擺的速度。

被葛雷比爾推開的李傑，聽著斷斷續續的報警聲，站在觀察窗前，看著呼吸急促的夏宇，嘴裏不停地念叨著什麼。

「吸氧！」在觀察了一分鐘以後，站在監視器前的葛雷比爾，給守候在夏宇旁邊的幾個醫生下達了命令。

搖擺的平台停止了下來，呼吸急促的夏宇，在幾個醫生的幫助下，也漸漸地恢復了以往的狀態。

葛雷比爾看著呼吸漸漸平穩下來的夏宇，這才長長地舒了一口氣，四仰八叉地靠在椅子上，抹了一把頭上的汗水。

李傑站在觀察窗前，看著夏宇被扶起來以後，那顆一直懸著的心，也放了下來，便靠在窗戶上，捏了一下手指，恢復了一下自己的狀態。

監控室的幾個醫生都陸陸續續地離開了，不大的房間裏，只剩下李傑和葛雷比爾兩個人在那裏發著呆。

「剛才真是愁死我了！」葛雷比爾就那麼十分不雅觀地躺在椅子上，看著天花板，喃喃地說了一句。

李傑看不清葛雷比爾的表情，他沒有說話，只是微微歎了一口氣，便一屁股坐在了地上，低著頭，輕輕敲打著地板。

葛雷比爾撐著椅子的扶手，慢悠悠地站了起來，扭了幾下，便笑瞇瞇地走到了李傑的跟前。

李傑聽到了葛雷比爾的動靜，一抬頭，看到了葛雷比爾那隻伸過來的手，他便伸出手和葛雷比爾緊緊地握在了一起。

葛雷比爾看著李傑微笑的樣子，將坐在地上的李傑給用力拉了起來，還不忘調侃一句：

「你太重了！」

對於葛雷比爾的調侃，李傑只是拍了拍他的肩膀，沒有說什麼，便跟在葛雷比爾的身後一起離開了監控室。

葛雷比爾的心裏不像表面上那麼輕鬆，他知道自己艱苦的工作才剛剛開始，以後的工作要比今天的辛苦得多。

葛雷比爾看著眼前的數據，眉毛都快擰成一條繩了，在猶豫了一陣子以後，有些惱怒地丟下被自己咬得已經禿掉的鉛筆杆，拿著資料便急匆匆地離開了辦公室。

「你的意思是？」李傑看著手裏的資料，有些默然地坐在醫院的大廳裏，向坐在對面一臉愁容的葛雷比爾問著。

「心臟移植！」葛雷比爾毫不含糊地說了一句，便死死盯著李傑的眼睛，想從李傑那裏尋找到接受的想法。

心臟移植！李傑嘴裏默默地念著這句話，眉頭緊鎖了起來。這個消息該如何告訴夏宇，這是一個比較難辦的問題。

「還有沒有其他的辦法？」看著葛雷比爾的眼睛，李傑淡淡地問了一句。以前，自己就曾經問過夏宇，如果病情到了非要移植心臟的地步該怎麼辦。

讓李傑感到意外的是，夏宇拒絕了心臟移植。對於自己的身體情況，夏宇也是知道的。在心臟移植了以後，還要用大量的抗排斥藥物，以他的身體狀況，很有可能會造成非常巨大的損傷。

「還有一個，就是十分危險！」葛雷比爾歎了一口氣，有些感到爲難地說。他也知道，按照夏宇目前的身體狀況來看，移植心臟的手術難度之大是前所未有的！況且夏宇的病情還在不斷惡化之中，李傑的那一副中藥或許可以拖延一部分時間，畢竟拖延不了多久。

心臟手術雖然可以避免夏宇移植心臟以後的排斥反應，但是對夏宇造成的創傷也是非常巨大的。

葛雷比爾找李傑的目的就是讓他知道，這一次對夏宇手術要有一個準備，畢竟這一次手術不像其他的心臟手術一樣。

「還是你和夏宇說吧！」李傑歎了一口氣，站起身來，看著葛雷比爾，神情有些無奈的樣子。

葛雷比爾手裏拿著夏宇的檢查資料，只得跟在李傑的後面，一邊心裏琢磨著如何對夏宇開口，一邊走到了病房。

看著李傑和跟在後面的葛雷比爾，夏宇靠在床上，給了兩人一個略帶虛弱而又燦爛的微笑。

葛雷比爾看著夏宇的微笑，揚了揚手裏的資料，臉上展現出一副關心的笑容，然後就坐在了床沿上。

「葛雷比爾醫生，多謝你了！」雖然夏宇有些虛弱，但對於自己的主治醫生，還是儘量微笑著。

看著夏宇的微笑，葛雷比爾熱情地拍了拍他的肩膀，然後大聲說：「看起來你的精神挺不錯的麼，東方小子！」

葛雷比爾頗有些開玩笑的話語，讓夏宇的精神也好了那麼幾分。夏宇還是有些靦腆地笑了一下。

「會中國功夫麼?好了以後教教我！」葛雷比爾眨巴著眼睛，對著夏宇做了一個兩手抱拳的姿勢。

李傑站在那裏一直沒有說話，只是靜靜聽著兩個人的談話。對於葛雷比爾這種調侃的話語，他也沒有任何的反對。

「那你要把我的心臟給修好了！」夏宇也學著葛雷比爾的語調，調侃地說了一句，然後笑瞇瞇地看著葛雷比爾。

「不想換一個麼？」葛雷比爾用一種疑問的語氣問了一句，彷彿就是在說一件挺輕鬆的事一樣。

「還是原裝的用得慣！」夏宇看著默不作聲的李傑，又看看坐在床沿上的葛雷比爾，有些調皮地回了一句。

葛雷比爾聽到這句話以後，便明白了，夏宇不想接受心臟移植，便拍了拍夏宇的肩膀，拉著李傑走了出去。

夏宇的手術時間還沒有安排，不過就目前他的情況來看，還是要儘快進行手術。

此外，葛雷比爾讓李傑恢復了對夏宇的中藥治療。這樣做可以使夏宇的身體狀況在極短的時間內得到恢復，對手術也有著很大的幫助。

李傑也提出了自己的看法，他建議葛雷比爾給夏宇做二十四小時心電監護，以便從多方面瞭解夏宇的病情發展。

在經過了不算漫長的等待之後，夏宇的身體也恢復到了可以經受手術的程度。葛雷比爾和他的治療團隊已經商量好了夏宇手術的時間。

也許是過於緊張，李傑這幾天的精神顯得十分亢奮。他現在一天可以說是二十四小時地守在夏宇的身邊。

看著李傑緊張的樣子，反而是夏宇這個患者在不斷安慰著李傑。李傑對於夏宇的這種安慰，也只得報以有些難看的微笑。

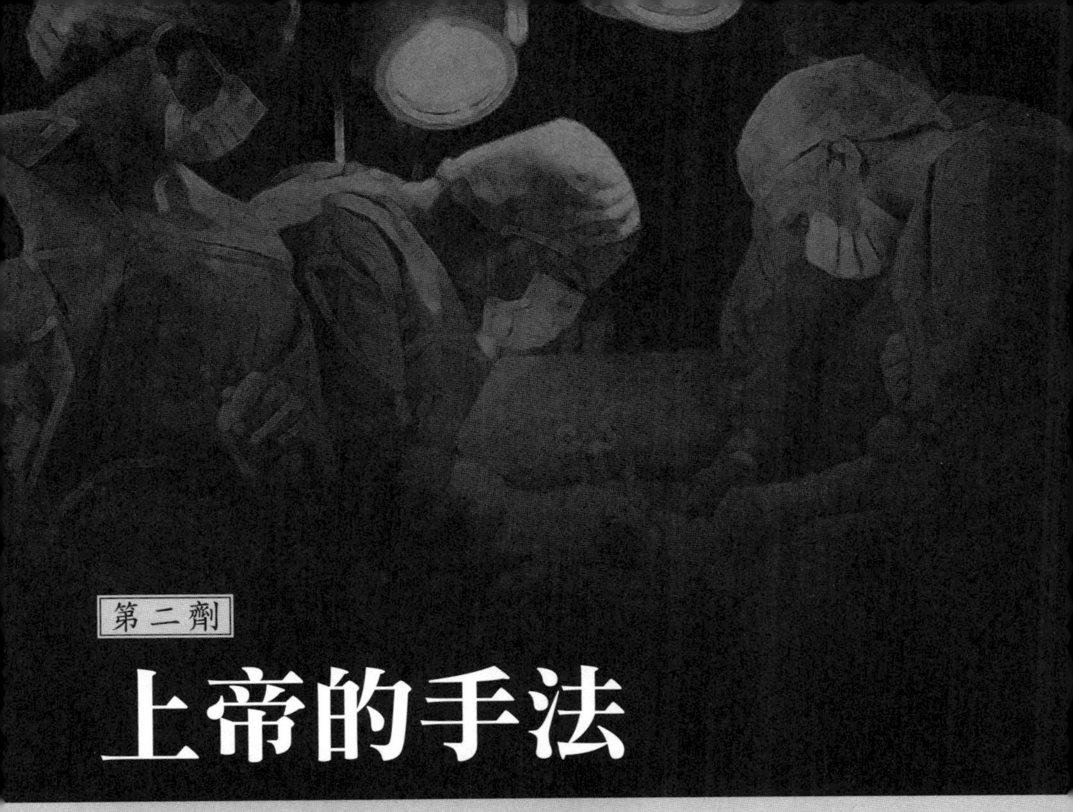

第二劑

# 上帝的手法

那個打結和縫合的手法，引得幾個觀摩手術的醫生也發出了一陣讚歎。
李傑心裏暗自估計了一下，按照打結的速度來說，
如果葛雷比爾可以打一百個手術結的話，
自己在相同的時間裏也可以達到八十以上的數目。
在葛雷比爾做兩個同心荷包樣縫合的時候，
李傑發現，他竟然沒有對血管造成任何的損傷，
這簡直就是上帝一樣的手法。

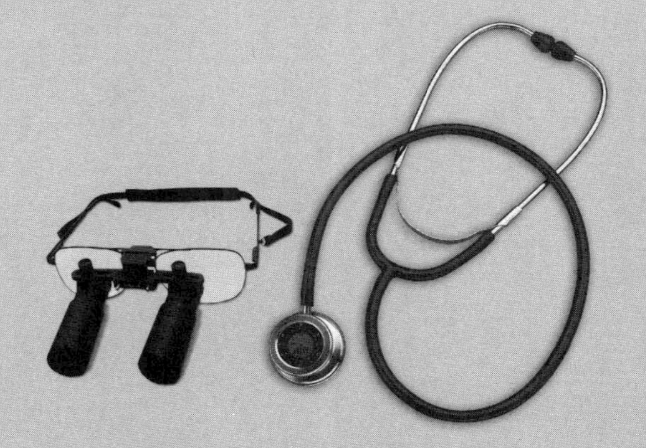

在這一次夏宇的手術中，李傑不再是那個冷靜的主刀醫生，而是夏宇這個有著嚴重心臟病患者的唯一親屬。

對於葛雷比爾的這種安排，李傑也沒有反駁什麼。因爲他知道，這裏不是在國內的母校，在這裏，作爲患者家屬是不可能參與到手術中去的。

也就是說，在夏宇手術的時候，李傑不可能站在手術室裏。葛雷比爾看著李傑焦急的樣子，答應李傑，說他可以在手術室旁邊的觀察室裏作爲一個「訪問學者」觀摩整個手術。

在夏宇被推進手術室以前，夏宇還和李傑打了一個不大不小的賭。夏宇說，這一次手術以後，李傑要在紅星醫院給他留一個位置。

李傑看著面色依舊蒼白的夏宇，嚅囁著沒有說出什麼拒絕的話，拍了拍他的肩膀，算是接受了夏宇的這個賭。

葛雷比爾穿著手術服，站在手術室的門前，看著夏宇被送進了手術室，然後走到李傑的跟前。

李傑看著葛雷比爾，想從他的嘴裏聽到一些承諾的話。讓李傑失望的是，葛雷比爾並沒有對李傑做出什麼承諾。

「李傑，夏宇恢復以後，我要兩張Ｒ．隆多的簽名照片！」葛雷比爾在手術室門剛要合上的一剎那，向李傑喊了一句。

李傑聽到了模模糊糊的一句，便趕往了手術室旁邊的觀摩室，他今天是以一個家屬的身分來觀摩這場手術的。

當他到觀摩室的時候，發現自己並不是第一個來的，觀摩室裏已經坐下了幾個前來觀摩學習的醫生。

李傑發現這個手術觀摩室和自己在國內看到的不大一樣，這個觀摩室是建在手術室之上的。按照這樣的格局，可以使觀摩室的人，更加清晰地看到手術室裏的一切，包括週邊護士的工作都能看得清清楚楚。

夏宇已經被麻醉了，安安靜靜地躺在手術台上。原本蒼白的臉色，在麻醉劑的作用下，顯得更加蒼白了。

周圍的幾個手術小組的成員，已經做好了一切手術之前的最後準備，各項工作已經就緒，就等葛雷比爾這個主刀進來了。

葛雷比爾雙手握拳，用脊背推開了手術室的門，他一抬頭便看見了坐在觀摩室裏、神色焦急的李傑。

李傑看著葛雷比爾的打扮，差一點沒有從觀摩室的椅子上滑下去。葛雷比爾的打扮雖然是說不上驚世駭俗，也是標新立異。

葛雷比爾規規矩矩穿著一身醫院的手術服，但頭上沒有戴和其他醫生一樣的和手術服配套的手術帽。

他戴著一頂顏色可以說是非常花哨的手術帽，花花綠綠的，看起來就像是一塊色彩斑斕的畫布，在手術室裏異常顯眼。

李傑看著那花哨的手術帽，臉上的表情簡直可以用驚愕來形容。他想了一下葛雷比爾那鮮明的個性，只是對著葛雷比爾微笑了一下，就安安靜靜地開始觀摩起手術來。

葛雷比爾看著李傑驚愕的表情，對李傑做了一個ＯＫ的手勢，便利索地準備了一切，並下達了手術開始的命令。

葛雷比爾對著遠處的一個週邊護士示意了一下，表示手術可以開始。李傑這才注意到那個不起眼的週邊護士。

李傑觀察了一下手術室裏的成員，發現這個週邊護士是離手術台最遠的。她的職責似乎是掌管一個非常特殊的儀器。

這個儀器李傑從來沒有在手術室裏見過，由於離得比較遠，他也不清楚這台儀器是用來做什麼的。

當這個週邊護士看到葛雷比爾示意可以手術了以後，便輕輕地按下了一個按鍵，頓時，手術室裏充滿了美式風格的重金屬搖滾樂聲。

幾個在觀摩室裏前來觀摩的醫生，在聽到音樂以後，都不約而同的將身體向手術室的方向探去。

李傑聽著猛烈的重金屬搖滾，看著手術室裏葛雷比爾那沉穩的樣子，撇了撇嘴，也不知道自己該說些什麼了。

怎麼感覺和自己有點相像！這是李傑腦海裏跳出的第一個想法，不過，李傑在「以前」做手術的時候，放的都是比較舒緩的音樂，沒有葛雷比爾的這麼猛烈。

「還真是一個個性鮮明的醫生啊！」李傑默默地在嘴裏念叨著這句話。

對於這個手術，葛雷比爾也和李傑進行過很多次溝通。葛雷比爾已經在術前就開始用抗生素預防感染。而且就在手術前的幾個小時，葛雷比爾還給夏宇進行了一次抗生素注射，加大了抗感染的作用。

雖然夏宇的身體條件還算可以，但為了使手術成功的機率增加，葛雷比爾在術前一周起，就開始給夏宇做了靜脈點滴葡萄糖等藥物注射。

雖然中藥裏沒有什麼利尿成分，李傑還是在葛雷比爾的建議下，也於手術的當日停止了對夏宇的中藥治療。

手術前的準備，李傑和葛雷比爾的手術團隊都做得相當充分，以確保這一次手術萬無一失。

在李傑看來，麻醉師麻醉得也相當到位。麻醉師採用的是靜脈複合芬太尼麻醉，作低溫體外循環麻醉。

「動脈測壓！」在美式搖滾的音樂聲中，葛雷比爾的聲音依然是那樣的清晰和沉穩，清楚地傳到了護士的耳朵裏面。

「正常！」

「中心靜脈測壓！」

「正常！」

……

一系列的命令下達了下去，手術室裏的醫護人員都在有條不紊地履行著自己的職責，絲毫沒有被重金屬搖滾影響。

李傑透過觀摩室的玻璃窗，向下看著配合得嚴絲合縫的葛雷比爾的手術團隊，不由得開始憧憬起來。

從剛才手術團隊的表現，李傑就可以看出，葛雷比爾是這個手術團隊的靈魂人物，他的神態動作，都可以讓團隊裏的其他人，甚至李傑感受到一個掌控全局的概念。

靜脈輸液通道的建立，標誌著手術時的最後一項準備工作已經正式完成，下面才是手術真正的開始。

葛雷比爾拿過第一助手遞過來的手術刀，停頓了一下，抬頭看了一眼李傑，便低下頭去，在病人的胸前用刀比劃了一下，之後便非常迅速做了一個胸前切口。

當李傑看到葛雷比爾所做的切口時，他還是忍不住驚歎了一下。切口如此的完美，彷彿是一個雕刻家在大理石上刻出的花紋一樣。

葛雷比爾做的是一個沿胸骨正中的切口，這是心臟手術中標準的體外循環心臟直視手術切口。

它有一個很大的優點，顯露好，並且適合任何部位的心臟手術。它在心臟外科切口中，有著「萬用切口」的美譽。

李傑觀察到，葛雷比爾做的這個切口，起自胸骨，切跡稍下，但是沒有按照教科書上的那樣，達到胸骨劍突下五釐米。

葛雷比爾這樣做有他的目的。鑒於夏宇的身體狀況，他不可能按照教科書上的那樣切一個達胸骨劍突下五釐米的切口。

如果做一個標準的切口，在其他的手術上倒是可以，不過，在夏宇身上就有點困難了，這樣會影響到以後身體的恢復。

不過，這樣做的結果就是手術的難度加大不少，雖然是一個看似挺長的切口，但是在手術過程中，這個切口還是顯得有些小了，會使主刀醫生的視野非常狹小，給以後手術的展開帶來不少的麻煩。

緊接著，葛雷比爾沿剛才的那個切口的正中，用電刀十分小心地切開胸骨骨膜，並成功分離胸骨切跡到達胸骨後。

在做這一步的時候，他顯得十分愜意和小心，看似隨意的刀法，實際卻讓患者的手術創傷盡可能減小。

在解剖、切除劍突時，常易損傷兩側腹壁上動脈的分支。這是李傑最爲擔心的，如果發生上述的情況，那可就完了。不過，葛雷比爾的手法相當巧妙，沒有造成大的出血。

當葛雷比爾解剖劍突及分離胸骨後間隙後，便看似順手地接過助手遞過來的風動鋸，很隨意地摁了幾下，側著耳朵聽了聽風動鋸的聲音。

從葛雷比爾瞇起的眼睛裏，一直坐在觀摩室裏觀看手術的李傑覺得他對風動鋸的聲音似乎是很滿意。

在聽完風動鋸的響聲以後，葛雷比爾沿著早已計算好的胸骨中線將胸骨縱行鋸開，鋸縫筆直得就像是一條線。

在做這項工作以後，葛雷比爾便下令第一助手用電凝止血的方法進行止血，爲了以防萬一，助手還在胸骨的幾個出血點用骨蠟進行再次止血。

李傑看著葛雷比爾和他的手術團隊精密的合作，激動得手指捏得都有點發白了。

這一切就像是一個走時精準的瑞士機械錶一樣，沒有絲毫的凝滯和遲疑，每一個步驟都是那樣準確和完美。

正在做手術的葛雷比爾可沒有閒工夫抬頭去看李傑眼睛裏充滿狂熱的光芒，他現在要儘快完成手術。

李傑知道下一步就該切開心包，暴露心臟了。不過，在切開心包之前，還有一個步驟需要完成。

葛雷比爾命令助手將手術燈的光源調亮一點。

在通過進一步的觀察，並且進行了心外探查以後，葛雷比爾又開始進行心內探查，進一步確診，以確定在手術之前預料到的情況和現在的手術情況是否基本一致。

對今天的這個先天性心臟病病人，他要檢查有無左上腔靜脈以及有無合併動脈導管未閉的情況……

在觀察了沒有什麼異常的情況以後，葛雷比爾便果斷開始縱行正中切開心包。之後他反覆檢查了一下切口，已確定沒有造成其他的損傷。

然後，他將心包切口的切緣與雙側胸骨外的軟組織，用可拆卸縫合器進行了階段縫合。

下一步就比較簡單了，葛雷比爾接過助手遞過來的撐開器，將切斷的胸骨撐開。於是，一個完美的心包切開術便完成了，心臟也順利顯露了出來。

手術第一部分的任務已經算是非常完美地完成了，葛雷比爾抬頭看了一眼時間，心裏面默默地念了一句：「還算可以！」他便馬上開始了下一個階段的工作。

只見葛雷比爾用手術刀的刀柄，先將主動脈和肺動脈間的間隙分開，然後順著升主動脈，做了一個升主動脈套帶。

在用刀柄分開動脈間隙的時候，葛雷比爾十分緊張，不過還好，沒有出現他最不希望出現的情況：血管張力或右房張力大，或有黏連。

如果出現以上三種情況中的一種，那麼這台手術就需要暫停一段時間，降壓後才能進行了。

帶。

在做完以上的工作以後，他使上腔靜脈內側顯露，用直角鉗沿上腔靜脈內側繞過其後套帶。

這一個過程也需要相當的耐心和細心，在牽拉的過程中不能求快，要一點點地進行。主刀醫生在牽拉的過程中，還必須控制好自己的節奏，不能快，也不能慢，稍有不慎，就會導致腔靜脈破裂這樣的結果。

雖說腔靜脈破裂以後，可以迅速經右心耳將管插入破裂的上腔靜脈，同時用手指捏住或壓迫破口制止出血，但是這樣一來，對患者造成的損傷是無法避免的。

在做完了上腔靜脈套帶以後，葛雷比爾用同樣小心謹慎的方法用下腔套帶鉗繞下腔靜脈備用。

在看著葛雷比爾做完了上下腔靜脈套帶以後，李傑差一點就拍手鼓掌了。這一切，葛雷比爾使用手術刀的熟練程度和使用刀叉一樣準確迅速。

真是不服不行。雖然李傑經歷了許許多多的手術，但像這樣迅速快捷的手術，李傑還真是第一次見到。

葛雷比爾並沒有因為手術到這個階段就減緩自己的動作，只見他快速地在升主動脈的遠端用七號線做兩個同心荷包樣縫合。

那個打結和縫合的手法，引得幾個觀摩手術的醫生也發出了一陣讚歎。李傑心裏暗自估計了一下，按照打結的速度來說，如果葛雷比爾可以打一百個手術結的話，自己在相同的時間裏也可以達到八十以上的數目。

而在葛雷比爾做兩個同心荷包樣縫合的時候，李傑發現，他竟然沒有對血管造成任何的損傷，這簡直就是上帝一樣的手法。

在將同心荷包樣縫合縫於主動脈的外膜的時候，葛雷比爾就將荷包線的開口進行了左右分配，使得開口的方向左右各一個。

然後將荷包線套入止血器，這樣做是爲了以後在插管時可以更加方便和快速地進行止血和固定。

接著，葛雷比爾將荷包中央部分的外膜切除。手法之熟練，下刀之精確，是李傑前所未見的。

「肝素！」在做完外膜切除以後，葛雷比爾向在一旁準備的助手低頭說了一聲，便開始準備下一步了。

第一助手將早已準備好的肝素，以標準劑量向右心耳注入後，便迅速挪開了位置，給葛雷比爾留下了一個較爲直觀的手術視野。

在助手離開以後，葛雷比爾用小圓刃刀在荷包中央切一略小於動脈插管口徑的切口，在退出刀刃的同時將動脈插管送入升主動脈切口內。

手法迅速得讓李傑都有點看不清楚了，這一次的配合更加說明了葛雷比爾的這個手術團隊的配合是多麼的天衣無縫。

葛雷比爾在將插管送入升主動脈切口以後，便立即收緊兩個荷包線的止血器，並用粗絲線將動脈插管與止血器固定在一起。

最後葛雷比爾將動脈插管固定在撐開器的葉柄上，將插管與人工心肺機連接，便開始了腔靜脈插管。

和剛才一樣的手法，一樣的迅速和快捷，在短短的幾分鐘之內，葛雷比爾便完成了腔靜脈插管的工作。

在冷心停搏液灌注插管，左心引流插管相繼完成了以後，葛雷比爾檢查所有管道及其連接，確定了各個方面均無錯誤，肯定各通道沒有任何障礙以後，便下達了開始體外循環的命令。

在患者體溫降到三十度以後，葛雷比爾提起升動脈阻斷鉗阻斷升主動脈。

站在一旁的助手立即由主動脈根部的灌注管按照灌入停搏液，同時還在心臟表面用冰鹽水降溫，以使心臟迅速停搏。

在阻斷升主動脈進行停搏液灌注時，葛雷比爾又將右心房切開減壓，這樣做可以免除右心膨脹。

切開右心房時，葛雷比爾很高興地發現沒有大量血湧出，這也就意味著升主動脈完全阻斷，並且下腔靜脈阻斷情況良好，左上腔靜脈也阻斷得不錯。

葛雷比爾完成得相當完美，展現在眾人眼前的手術視野相當清晰。

手術的後半部分，葛雷比爾的手法可以說是眼花繚亂，其準確性和速度都讓李傑感到心跳加快。

李傑坐在觀摩室裏，只覺得周圍那猛烈的美式重金屬搖滾的音樂離自己越來越遠了，他只看見葛雷比爾和他的手術團隊忙碌的身影。

當還在沉睡中的夏宇被推出手術室的時候，李傑揉了揉額頭，使自己在手術中迷糊的腦子清醒了一下。

李傑走出觀摩室的時候，只看見葛雷比爾有點模糊的身影消失在走廊的拐角，還伴隨著「兩張照片」的喊叫。

葛雷比爾跌跌撞撞地回到了休息室，隨意地找了一把椅子，就把自己給塞了進去，然後慵懶地攤開四肢，抬頭看著天花板，打算在這裏舒服地小睡一下。

不過，小睡之前，葛雷比爾還有一件事情要做，就是把音響的聲音調到最大。之後，他便愜意地閉上了眼睛。

李傑站在病房的門口，看著熟睡中的夏宇。他手術之前的緊張已經全然不見了，取而代之的是一種放心的樣子。

李傑就這麼守在病房的門口，等候著夏宇的甦醒。不過，在等候的時間裏，他又回憶了一遍葛雷比爾這台手術。

搓了搓有些麻木的臉，李傑坐在走廊的椅子上，舒展了一下有些疲倦的胳膊。他第一次感受到，觀摩一次手術是如此的累人。

在確定夏宇沒有什麼問題以後，李傑便打算找一個地方，舒舒服服地休息一下。這一段時間以來，李傑真是有點堅持不住了。

就在迷迷糊糊地做著美夢的時候，他忽然被一陣嘈雜的聲音給驚醒了。他睜開眼睛，只看見一片白花花的影子，別的就什麼也看不見了。

「醫院的燈還真是亮啊！」李傑在嘴裏含糊不清地說了一聲，感覺好像床鋪更加舒服一點，便轉過身，又沉沉地睡了過去。

「啊！」李傑醒來以後的第一件事情，就是使勁地伸了一個懶腰，感覺舒服了不少，不過他也感覺到胳膊一陣刺痛。

不會吧？當李傑看到胳膊上的那個輸液針，心裏的第一個念頭就是：我難道睡死過去了？還要靠輸液來維持生命。

「你終於醒了啊！」葛雷比爾拉開了簾子，看著李傑睡醒之後依然有些疲憊的臉色，語氣之中的關心一聽就明白。

李傑將枕頭墊在腰下，調整了一下姿勢，然後又抬頭看了看高高掛起的輸液瓶，對葛雷比爾友好地笑了一下，開始打量起周圍來。

這是一間寬大的門診病房，周圍有不下十幾個床位，有不少都拉著淡綠色的隔簾，周圍還有不少醫護人員在忙忙碌碌。

「我睡了多久？」李傑感到十分納悶，怎麼自己一覺醒來，就躺在了病床上，還莫名其妙地挨了一針。

「嘿嘿！」葛雷比爾看著李傑，沒有說話，一個勁在那裏笑著，還不停來來回回地打量著李傑。

聽著葛雷比爾的笑聲，看著他那一雙到處亂看的眼睛，李傑的心裏就一陣陣發毛，那種感覺就像是渾身上下爬滿了軟體動物一樣不舒服。

李傑裝作非常生氣的樣子，裝模作樣地在身邊開始翻找起來，找了半天，才發現只有旁邊櫃子上的一束鮮花還有那麼一點點的攻擊力。

葛雷比爾看著李傑拿著花束要扔過來的樣子，坐到床沿上，裝出一副害怕的樣子，然後豎起兩根手指頭，輕輕晃了晃。

「二十個小時？」李傑試探著問了一句。他自己也清楚，在夏宇做手術之前，自己壓根兒就沒有踏踏實實地睡過覺。

「兩天！」葛雷比爾非常堅決地否定了李傑的猜測，然後笑瞇瞇地看著一臉驚愕表情的李傑。

兩天？李傑對於自己的睡覺能力也開始了重新的評估。這也太能睡了吧！不過還算是醒了過來。

「還有兩個什麼？」看著依然在那裏搖晃著兩根手指頭的葛雷比爾，李傑裝糊塗。

葛雷比爾看著一臉什麼都不知道的李傑，心裏那個氣啊！小子你給我裝傻不是？不是說好了給我兩張R·隆多的簽名照片麼？

「哦！」李傑看著葛雷比爾那狂熱得有些憤怒的表情，用力捶打了一個額頭，一副恍然

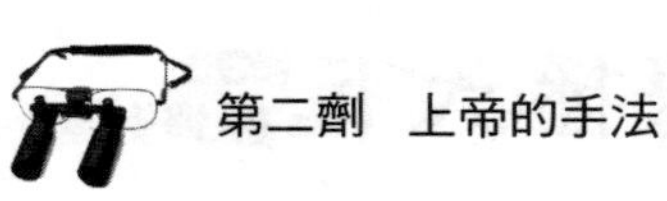


大悟的樣子。

自從給R．隆多做了手術以後，李傑便和他失去了聯繫，天知道現在那個傢伙在哪個地方訓練或者是幹什麼？

「還有……」葛雷比爾又靠近了一步，眼巴巴地看著李傑，舔了一下嘴唇，很顯然他對李傑還有其他的企圖。

還有？

李傑看著葛雷比爾的眼神，往後縮了一下，他不知道自己還欠了葛雷比爾什麼東西。

「你給我講講這個中藥的事！」葛雷比爾一臉興奮，就像是剛吃了一大罐興奮劑一樣。

在這幾天，夏宇一直都在服用李傑開出的那一副中藥。手術後的恢復效果是葛雷比爾無法想像的。

對中醫的神秘和不瞭解，讓葛雷比爾的心裏充滿了驚奇，他打算利用這個機會讓李傑給他講解一下。

「那個啊！」李傑瞇起眼睛，抬頭看著醫院雪白的天花板，還不斷地摸著下巴。要是他長了幾縷鬍子的話，說不定還會很瀟灑地捋上那麼幾下。

給洋鬼子講中醫，這件事情還真是難辦。中醫和西醫雖然是有著一些相同的方面，但是診斷和治療都大不一樣。

中醫講究的是從整體上來觀察病人，從大局入手，然後逐步將病情縮小，最後確定最爲準確的病情。

而西醫就不一樣了，西醫是從一個局部的病情開始，逐步擴大，然後再到整體的治療。

李傑努力地回想著自己少得可憐的中醫知識，在那裏搜腸刮肚地想了半天，也沒有想出一個頭緒來。

而李傑搜腸刮肚的表情，在葛雷比爾的眼裏看來，彷彿就和那些東方傳說裏的世外高人一樣。

看著葛雷比爾那一副癡癡呆呆的樣子，李傑都有點不好意思了，他在中醫方面也就是半瓶子醋的水準。

李傑糊弄一個什麼也不知道的洋鬼子，他的水準還算過得去，不過眼前的這個葛雷比爾，他可沒有什麼信心。

「你先看看《本草綱目》，再回來問我！」對於目前的這個情況，李傑覺得自己還是要更加的「高深」一些才好。

「是不是這個？」葛雷比爾一聽李傑的這句話，眼睛裏立馬出現了光芒，還從口袋裏掏出一個精美的小瓷瓶遞了過來。

李傑看著這個精美的小瓷瓶，心裏的火氣一下子就冒了出來，恨不得把手裏的瓶子給扔到地上，然後狠狠地踩上幾腳。

瓷瓶很小巧，淡綠色，上面還有「本草」的字樣，拿在手裏，彷彿是一件不可多得的工藝品。讓李傑感到十分氣憤的是，在這個淡綠色小瓷瓶的瓶底，竟然還寫著「韓國製造」一行英文。

葛雷比爾看著李傑生氣的樣子，不知道是什麼把李傑刺激成了現在的這個樣子。

中華醫藥幾千年的精華，這些東洋鬼子，還大言不慚地拿來就用，也不怕有人告你們侵權，還堂而皇之地寫著「本草」。

一定要讓外國人好好地見識一下真正的中醫，還有中醫博大精深的文化底蘊。沒有那麼深厚的文化積澱，還想標注「本草」？

李傑捏了捏這個小瓷瓶，調整了一下自己的情緒，向一臉迷茫的葛雷比爾說：「這個是垃圾！不是中藥！」

葛雷比爾顯然不知道李傑為什麼把這個韓國產「本草」叫做垃圾，不過還是認真點了點頭。夏宇恢復的情況都在那裏擺著，中藥的治療效果很明顯，既然李傑說這個中藥是垃圾，那十有八九就是垃圾。

在國內的胡澈，這幾天非常的鬱悶。因爲前幾天李傑從美國打回來的電話，胡澈的心情立馬變得有點衝動，可以說是有點想把手裏的話筒狠狠地甩出去的衝動。

「你在美國吃香的，我在這給你幹長工！」胡澈將手裏的話筒狠狠地拍在面前的桌子上，有些惱怒地說了一句。

不過惱怒歸惱怒，胡澈還是仔細地思考了起來，好好回想了一下，想想自己能不能想起幾個道地中醫。

胡澈在抓著腦袋想了半天以後，還是沒有想起自己認識什麼中醫。他在心裏面將李傑一個勁地詛咒著。

在美國的李傑忽然連續打了幾個噴嚏，他揉了揉鼻子，暗自嘟囔了一句：「是不是有點著涼了？」

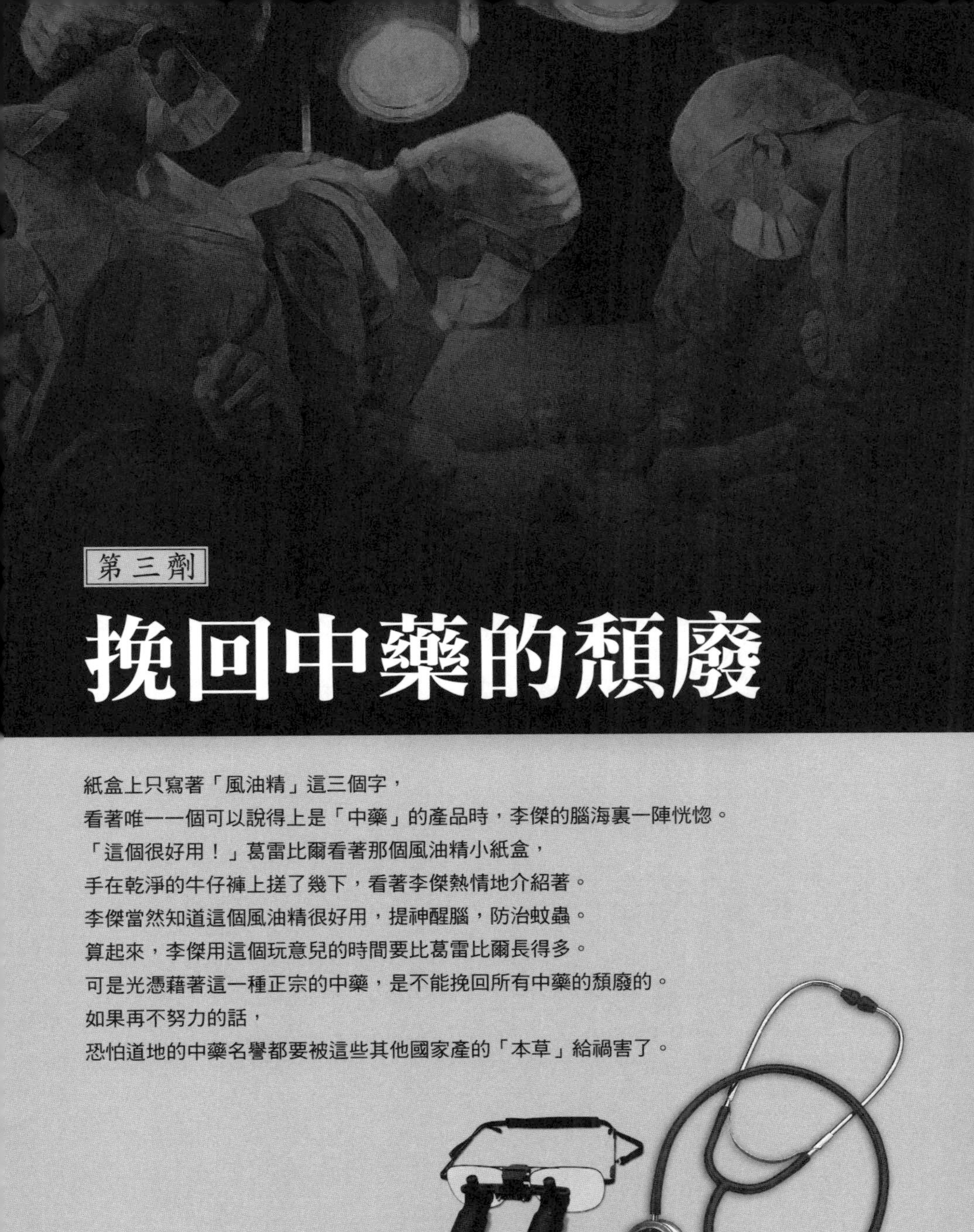

第三劑

# 挽回中藥的頹廢

紙盒上只寫著「風油精」這三個字，
看著唯一一個可以說得上是「中藥」的產品時，李傑的腦海裏一陣恍惚。
「這個很好用！」葛雷比爾看著那個風油精小紙盒，
手在乾淨的牛仔褲上搓了幾下，看著李傑熱情地介紹著。
李傑當然知道這個風油精很好用，提神醒腦，防治蚊蟲。
算起來，李傑用這個玩意兒的時間要比葛雷比爾長得多。
可是光憑藉著這一種正宗的中藥，是不能挽回所有中藥的頹廢的。
如果再不努力的話，
恐怕道地的中藥名譽都要被這些其他國家產的「本草」給禍害了。

葛雷比爾看著揉了幾下鼻子的李傑，將自己能找到的「本草」一個一個地擺了出來。真是一個交換，李傑用R．隆多的簽名照片，來換取葛雷比爾從市面上找到的所有「本草」。對於這樣的交換，兩個人可以說是各取所需。

李傑看著面前十幾個花花綠綠的小瓶子，眉頭不自覺地皺了一下，然後便一個個地打量起來。

包裝不錯！這是李傑給這些「本草」唯一的好評。他翻看了幾本說明書，發現這些「本草」都是一些濫竽充數的貨，根本就沒有什麼有效的中藥成分在裏面。

葛雷比爾看著臉色陰沉的李傑，從口袋裏拿出了最後的一個，抓了一下自己的鍋蓋頭，遞給了李傑。

李傑看著這個其貌不揚的小紙盒，拿在手裏把玩著。有點假！這是李傑看到這個紙盒包裝以後的第一個想法。

紙盒上只寫著「風油精」這三個字，看著唯一的一個可以說得上是「中藥」的產品時，李傑的腦海裏一陣恍惚。

「這個很好用！」葛雷比爾看著那個風油精小紙盒，手在乾淨的牛仔褲上搓了幾下，看著李傑熱情地介紹著。

李傑當然知道這個風油精很好用，提神醒腦，防治蚊蟲。算起來，李傑用這個玩意兒的時間要比葛雷比爾長得多。

可是光憑藉著這一種正宗的中藥，是不能挽回所有中藥的頹廢的。如果再不努力的話，恐怕道地的中藥名譽都要被這些其他國家產的「本草」給禍害了。

李傑撓了撓頭皮，歎了一口氣，也不知道胡澈在國內把事情辦得怎麼樣了，就憑著胡澈的那個本事，這也不算是什麼難事。

幸虧李傑沒有把這句話告訴胡澈，要是胡澈聽到李傑的這句「不算是什麼難事」，八成會當場跳起來。

「難辦，難辦……」在門診室裏，胡澈趴在桌子上，用手拍打著玻璃板，嘴裏不停地念叨著。

就在胡澈不斷發愁的時候，門診室的門被人大力地推開了。對於這種不敲門就進來的病人，他還是保持了相當的克制。

「請問你哪裏不舒服？」胡澈趴在桌子上，懶洋洋地拿起一支筆，頭也沒有抬，隨口就問。

「你沒有兒子我就不舒服！」來人聲音洪亮地說著。他站在胡澈的跟前，手裏面掂著兩個核桃不斷地搓動著。

「二叔！您老怎麼有時間來這裏啊？」胡澈看清來人的面孔以後，馬上站了起來，用一種熱情的口氣說著。

對於二叔的來到，胡澈多少還是有點驚喜。很顯然，驚要比喜多上很多。他急急忙忙地站了起來，熱情地招呼二叔坐下。

胡澈不敢有一絲的怠慢，生怕自己的這個二叔在激動之下，做出什麼讓自己感到難辦的事情來。

二叔看著戰戰兢兢的胡澈，將手裏的兩個核桃「啪」地一聲就拍在了桌子上，然後臉色不善地坐了下來。

「你還知道我是你二叔！」胡澈的二叔將放在桌上的核桃拿了起來，在手裏掂了幾下，氣呼呼地說了一句。

對於二叔的這句氣話，胡澈也沒有多說什麼，恭恭敬敬地給二叔上了一杯清茶之後，便站在一邊。

胡澈的二叔慢慢地端起茶杯，緩緩地抿了一口以後，瞇著一雙有些發黃但是依然清澈的眼睛看著胡澈。

胡澈被二叔盯得心裏有些發毛，站在那裏只是一個勁地看著二叔手裏來回不斷轉動的核桃，不知道該做些什麼。

兩個人就這麼一個坐一個站著，兩雙眼睛不斷地在空氣中交鋒。不過，很快的，胡澈便敗下陣來，開始在室內四處亂看。

「二叔，您來？」胡澈試探著問了一句。不過胡澈沒有想到，就是因爲自己的這句話，讓這個二叔顯得十分生氣。

胡澈知道，自己的二叔膝下無子，一直把自己當兒子養著。老人都有一個願望，那就是希望自己可以兒孫滿堂。

二叔沒有兒子，很自然地，兒孫滿堂這個艱巨而又辛苦的任務自然而然地就落到了胡澈的身上。

「來看你有沒有兒子！」二叔聽到胡澈的話，重重地拍在桌子上，然後站起來，在門診室裏來來回回地走了幾圈。

胡澈看著那個有些裂縫的桌子，心裏動了一下，暗自想著，如若那一巴掌拍到自己身上，那後果是相當可怕了。

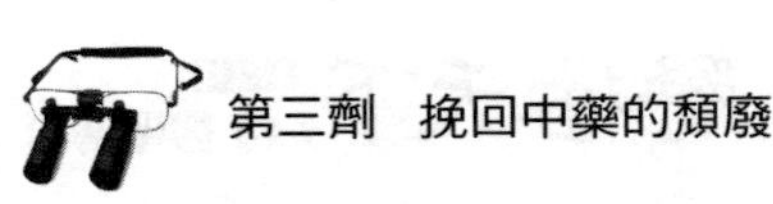

胡澈的二叔看著胡澈，臉色漸漸地變得緩和了一些，慢慢地走到了椅子旁邊，坐了下去，端起茶杯抿了一口。

「我行醫幾十年了，也是希望落個兒孫滿堂！可是……」二叔看著胡澈歎了一口氣，有些落寞地說著。

胡澈聽著二叔的話，眼睛一亮，想了半天，怎麼沒想到自己的二叔，那可是一個響噹噹的人物。

「二叔，我的工作太忙了！」胡澈開始給自己的二叔下套。一個可以將二叔送走，又可以讓自己暫時免除「兒孫滿堂」這個任務的方法就在胡澈的腦海裏開始醞釀。

「忙什麼忙？」胡澈的二叔就把茶杯重重地放在桌子上，杯子裏大半杯的茶水差一點就濺了出來。

「過幾天還要去趟美國！」胡澈小心翼翼地說，還往後退了幾步，生怕二叔一發火，把怨氣撒在自己這個罪魁禍首的身上。

「美國？」胡澈二叔看著侄子，氣得鬍子都在不停地抖著，似乎對這個不肖侄子的工作熱情感到十分氣憤。

看著二叔生氣的樣子，胡澈感到一陣欣喜，當然還是有那麼一點點的害怕，要是二叔一生氣，那結果可就不好說了。

「最好的結果」就是，胡澈會被二叔給強制結束這個醫院的工作，然後回到鄉下，開始「兒孫滿堂」的任務。

「不行！」當二叔聽到胡澈要去美國的時候，便厲聲訓斥。很顯然，對於胡澈跑到美國的這個建議，二叔十分迅速否決了。

胡澈聽著二叔的話，只是站在那裏不吭氣。看著二叔生氣的樣子，胡澈很利索地將半滿的茶杯重新添上了水，然後又退到了一邊。

「你也老大不小了！」二叔看著站在那裏一言不發的胡澈，語重心長地說了一句，便再也沒有說話。

「要不，二叔您替我去趟美國！」胡澈看著二叔語重心長的樣子，便恭恭敬敬地嘗試著問了一句。

對於胡澈的這個建議，二叔十分驚奇。他知道，這個小子一定有什麼事情求自己。

「說吧，什麼事？」二叔看著胡澈，捋著鬍子漫不經心地問著，臉上一副小子別和我裝蒜的表情。

胡澈將李傑派的任務完完整整地給二叔講了一遍，還不斷地暗示，只要二叔去了美國，就是讓自己上刀山下油鍋都可以。

在胡澈說的時候，二叔只是眯著眼睛安安靜靜地聽著，沒有發表任何意見，彷彿是在聽一件和自己沒有什麼關係的事情。

「我有一個條件！」二叔聽完胡澈的話以後，只是豎起了一根手指頭，在胡澈的面前不斷地搖晃。

「我從美國回來以後，要見到你的兒子！」二叔真是一句話就說出了胡澈的心事，還順便讓胡澈感到頭上一陣發麻。

「我趕在你回來之前，給你變出一個來！」胡澈看著老爺子得意的樣子，笑著答應了。反正到時候再說吧！

李傑接到胡澈的電話以後，興奮地念叨著，看得葛雷比爾一陣迷糊。

在目前的世界市場上，充斥著東亞各國五花八門、標注爲中藥的藥品，可是這些藥品沒有幾個是中國本土出產的。

這就造成了這個「中藥」藥材不是按照中藥古方炮製的，在療效和功用上都有著無法彌補的缺點。

除了中藥古方這一個缺點，洋中藥還有一個最爲致命的缺點，那就是所有的洋中藥都無法選用道地的中藥藥材。

道地藥材，講究時間和地點。拿中藥中最爲知名的人參來說，最好的就是產自長白山上的玄參。

當然其他的人參也是不錯的，但是從藥用功效上來看，其他品種的人參根本就達不到長白山玄參的那種效果。

當然，這些美國人是不懂的，他們覺得，中藥的藥效是取決於治療成分的，就像是阿司匹林一樣，哪個廠生產的都是一樣的。

葛雷比爾在聽了李傑對於道地藥材的解釋以後，一臉的迷茫，他不知道原來中藥還是這種樣子的。

連出產的時間和地點都有嚴格的要求，怪不得以前自己用的那些「本草」療效不怎麼好，原來都不是道地的中藥。

「李傑，你說的那個叫玄參的中藥，它的有效成分是什麼？」葛雷比爾拿著一個小瓷瓶，好奇地問了一句。

在他的眼裏，所有的藥物都有它的有效成分，就像每一種藥品都有它的化學名稱一樣，當然中藥也應該不例外。

「這個……」李傑也是一時語塞，每一味中藥都有它獨特的功效，至於這個有效成分，還真是難說。

還是以人參爲例，根據分析表明，人參中含有三十多種人參多糖、揮發油。有效成分得寫滿幾張紙。況且這也是不可能的真正做到的事。

李傑只能略有遺憾地拍了拍葛雷比爾的肩膀，含含糊糊地說了一句：「革命尚未成功，同志仍需努力！」

葛雷比爾聽著李傑的話，不太明白這句話的意思，嘴裏嘀咕了一句，便轉身拿起一杯水離開了。

到此，李傑的任務還沒有結束。他還需要這些洋中藥更加確切的資料。他可不想看著傳統中藥被擠出世界的市場。

「安德魯，給我查一下……」李傑拿著話筒，快速地說出幾個製造洋中藥的製藥廠，語氣有些陰冷。

在德國的安德魯聽到李傑的語氣以後，臉上的表情也在一瞬間變得沉重了起來，看來這一回李傑要對那些洋中藥下手了。

安德魯飛快地記下了李傑所說的那幾個製藥廠，還沒有來得及問一下在美國究竟過得如何，李傑便飛速地掛斷了電話。

看著安德魯拿著話筒不知所措的樣子，于若然只是淡淡地歎了一口氣，便抱起厚厚的一疊資料離開了。

「真是一個粗魯的傢伙！」安德魯看著轉身離開的于若然，將話筒放下，暗暗罵了一句，然後拿起寫有製藥廠名單的紙張也離開了。

李傑看著放在身旁的皮包，嘴角勾起一絲難以察覺的微笑。拜瑞，這一次不讓你掉塊肉，也要讓你吐上幾口血。

李傑將皮包拿了起來，從裏面挑出了幾張協議，喜滋滋地看了幾遍，一邊摩挲著紙張，嘴裏還不斷地嘟噥著什麼。

看著李傑微笑的樣子，躺在一旁的夏宇，有些打趣地問道：「院長，你是不是又有什麼整人的法子了？」

李傑聽到夏宇的揶揄，將幾份協議放了回去，走到床邊，替夏宇掖了幾下被角，微微一笑。不過在笑過之後，李傑的語調多少有些冰冷：「不是整人，是讓那些洋鬼子，把吃進去的給吐出來！」

看著李傑陰冷的表情，夏宇也沒有多說什麼。他從其他地方也多多少少地知道一些，這一次看來，李傑真是動了怒氣。

至於那些洋鬼子的態度，李傑此時也懶得管他們，只要這個時候不要給自己找什麼麻煩就可以了。

李傑在說了一聲「好好休息」以後，便拿起皮包走了出去。他現在還有很多的事情要辦，既然夏宇已經開始恢復了，也沒有必要再像以前那樣二十四小時守著了。

夏宇是李傑國內計畫中最爲主要的一個人，沒有了夏宇的幫助，國內的那些事情在胡澈和韓磊運作下，還是有一點力不從心。

李傑還希望這一次胡澈真能從國內給自己找上那麼幾個「道地中醫」來，讓這幫洋鬼子也見識一下正宗中醫的博大精深。

此時的胡澈正一臉戚然地收拾著二叔的行李，雖然嘴上沒有說什麼，但是心裏卻將那個遠在天邊的李傑不斷地詛咒著。

二叔看著胡澈，沒有說話，不斷地搓動著手裏的兩個核桃。眼前的這個臭小子，真是讓人生氣得很。

這麼大的年紀了，卻不知道成家。立業這個願望雖然是達到了，但是傳統講究的是成家在前，立業在後。

「胡澈！」二叔捋著半長的鬍子，看著胡澈忙碌的樣子，用一種比較和藹的口氣，對著他喊了一句。

「嗯。」顯然胡澈對於二叔的這麼一聲叫喊，沒有放在心上。他現在正思量著，李傑回來以後怎麼收拾那個頂頭上司。

對於胡澈少有的漠不關心的樣子，二叔並沒有發火。只是走到了胡澈的身邊，拍了拍胡澈的肩膀。

胡澈被這一下子拍得激動了不少，馬上停下了手裏的活計，畢恭畢敬地站在那裏，等老爺子發話。

二叔看著胡澈的樣子，用手掂了掂行李，又一言不發地坐回到了椅子上，慢條斯理地抿了一口茶。

「我也該走了，記住你答應過我的事情！」二叔顯然是一副公事公辦的口氣，再一次提起了胡澈的任務。

「嗯。」胡澈悶聲答應著。對於二叔交代給自己的任務，胡澈又將李傑腹誹了一遍，臉上還做出一副當然樂意的表情。

胡澈低頭默默地收拾著行李，卻用眼角的餘光觀察著二叔的舉動。他對自己的這個二叔還是挺敬重的。

雖說二叔的年齡已是九十有五了，但身體卻如以往一樣健康，也沒有什麼小病小災。只不過他脾氣有點倔，胡澈心想，要不是李傑的那個任務，自己怎麼又能擔下那個生兒育女的差事！

就在胡澈鬱悶的同時，李傑的鬱悶簡直就是天大，原因無他，還是因爲葛雷比爾帶回來的幾種「本草」。

看著桌上的幾個新出現的小瓷瓶，李傑都有點暴走的衝動了，雖然不知道是哪個地方產的。但是這些「本草」都是些洋中藥，卻無一例外地都寫上了「正宗中藥」的字樣，包裝卻比先前的那些還要豪華。

「真是正宗！」李傑捏著一個白色的瓷瓶，狠狠地說，差一點就要將手裏的瓶子扔到牆角裏。

葛雷比爾看著一臉鬱悶的李傑，然後拿起一個瓶子，看著下面寫著「正宗」的字樣，往前挪了一下。

「這個道地麼？」葛雷比爾將自己才學到不久的辭彙馬上運用了起來，然後用一臉疑問的表情看著李傑。

道地？也真是虧了葛雷比爾用這個中文辭彙。李傑的眉頭皺了一下，捏著瓷瓶的手指有點發白。

「全是假的！」李傑從牙縫裏擠出了這麼一句話，那種憤然的語氣聽得葛雷比爾都有點害怕。

假的！葛雷比爾琢磨著李傑的這句話，也不知李傑是什麼意思，只好不斷地嘀咕著。

「全是跟我們學的！」看著葛雷比爾有點茫然的樣子，李傑歎了一口氣，開始給葛雷比爾解釋起來。

在漫長而又繁瑣的解釋當中，葛雷比爾總算是將這些所謂中藥的來歷搞懂了不少。

「這算侵權麼？」葛雷比爾看著面前的十幾個小瓶子，問了一個讓李傑感到有些無奈的問題。

「不算！」李傑只得這樣回答。中醫的方子都在那幾本書裏，可以說是誰想用就可以拿來用。

可是這些成分複雜的洋中藥，雖然不會治死人，卻可以使正宗的中藥遭受不明不白的名譽損失。

就在李傑不斷鬱悶的時候，他接到了一個越洋的電話。當聽完這個電話以後，李傑心裏的鬱悶也一掃而空了。

「讓你們看看正宗的中醫！」李傑放下了聽筒，看著手裏的那個精緻的小瓷瓶，心裏憤憤地想著。

「李傑，那個中醫真的那麼厲害麼？」葛雷比爾站在李傑的旁邊，看著來來往往的人群，一臉的疑問。

「很厲害！」李傑依然是一副穩當當的表情。

葛雷比爾站在李傑的身邊，心裏卻琢磨開了，那個神秘的中醫會是什麼樣子？是一身的長袍，還是什麼樣的？

「那個中醫會中國功夫麼？」葛雷比爾問道。

還中國功夫！李傑摸著額頭有點想笑，不過又沒有笑出來，這個葛雷比爾還真是以為中國人都會功夫。

不過，葛雷比爾的問題也算是問對了，胡澈的二叔是有點功夫。他最擅長的就是中醫推拿，手底下也又那麼兩下子。

「他是醫生！」李傑對著葛雷比爾強調了一下，免得這個傢伙到時纏著這個中醫給他教中國功夫。

葛雷比爾有些無奈地撇了撇嘴，露出一絲失望的表情，那個從古老中國來的醫生和自己一樣，也是一個拿著刀子的。

不過，葛雷比爾也就是稍微失望了一下，瞬間又恢復了眼睛裏面的狂熱，一個勁地踮起腳尖看著。

葛雷比爾只要看見帶有亞洲特點的人，那份熱情就像是要從眼睛裏冒出來一樣，巴不得就衝上去大喊一聲「師父」！

葛雷比爾一邊看著來來往往的人群，一邊注意著李傑的表情，看著李傑那沒有一絲驚喜的樣子，葛雷比爾也沒有過多的熱情了。

李傑的眼睛來來回回地掃視著人群，也盼望著老中醫的到來。他也不知道那個胡澈口中的中醫到底來了沒有。

胡澈告訴過李傑，那個中醫是胡澈的二叔。既然是胡澈自家的長輩，李傑這個做後輩的也應該有點後輩的樣子。

至於那個二叔的相貌，胡澈在電話裏也沒有辦法給李傑說得清清楚楚，只是強調，二叔手裏一直掂著兩個核桃。

「你注意看著手裏拿著核桃的人！」李傑對著兩隻眼睛裏充滿了狂熱的葛雷比爾叮囑了一聲。

手裏拿著核桃！這回輪到葛雷比爾有點迷糊了。中國人還真是奇怪，要麼就是這個中醫很神秘，拿核桃當暗器。

聽完這句話以後，葛雷比爾的眼睛從高處挪低了一點，一雙眼睛不停地在來人的兩手間掃來掃去。

就在葛雷比爾在來來往往的人群裏瞄來瞄去的時候，李傑發現不遠處有一個提著箱子的老者正緩步走了過來。

老者大概七十來歲的樣子，一頭似霜的白髮剪得很短，有些長的眉毛下面，是一雙閃爍著精明的眼睛。

臉型很瘦，卻又不是一種消瘦的樣子，顯然這位老人平日對保養很重視。雖然說不上是鶴髮童顏，卻也有一種道骨仙風的樣子。

一身青灰色的唐裝，眉目間的神色顯得非常慈祥。不過在這一份慈祥之中，卻又透露著不少的冷靜。

老者的眼光落在了李傑的身上。他只是微微地一笑，但是眼睛裏的意味，卻像是李傑的一個老熟人一樣，便向李傑快步走了過來。

「你好！」老者笑瞇瞇地上下打量了一下李傑，將手裏的兩個核桃放在口袋裏，然後伸出了右手。

「你好！」李傑也看著眼前的這個老人，下意識地將手伸了出去，緊緊地握在了一起，心裏卻很納悶。

就在李傑納悶的時候，他忽然感覺從老者蒼老的手上傳來一陣力量，力量很大，握得他的手有點疼。

「胡澈……」老者一邊緊緊地握著李傑的手，一邊自我介紹著。他似乎對李傑的迷茫表情有點生氣。

漸漸地，老者的力氣大了起來，李傑的臉色開始有點變化。不過，他聽到「胡澈」這兩個字的時候，心裏的疑問全部都解開了。

站在李傑面前的正是胡澈的二叔，胡澈在臨走的時候，給了他李傑的照片。他在熙熙攘攘的人群裏，一眼就看到了那個照片上的人。

胡澈的二叔也是有那麼一點點生氣，在他看來，這個皮膚有些黝黑的小夥子正是讓自己無法含飴弄孫的罪魁禍首。

看著李傑有些健碩的身板，胡澈的二叔有了一點小小的報復心理。他決定試一試這個胡澈口中的院長到底有多麼大的本事。

雖然李傑的手勁也不小，不過在胡澈二叔的面前，也不敢那麼放肆。他聽胡澈說過，這個二叔的專長就是推拿接骨。

如果自己有什麼念頭的話，肯定會被眼前的老者用接骨推拿的絕活給自己鬆鬆骨頭。

懷著這樣的想法，李傑就讓二叔這麼緊緊的捏著，忍受著鐵鉗一般的力氣，還笑眯眯地和二叔打著招呼。

「二叔！」李傑說這句話的時候，顯然有點艱難，不過還是努力地做出了一個無比燦爛的表情。

聽到李傑的稱呼，胡澈的二叔減少了幾分力氣，然後眼睛裏流露出一份讚賞的目光。他顯然對李傑的稱呼感到滿意。

葛雷比爾看著李傑和來人熱情的樣子，知道了眼前這位老人，便是自己苦苦等候的「中醫高人」。

「這是我的美國同事。」李傑看著葛雷比爾那充滿崇拜的目光，趕緊用胳膊肘捅了一個在那裏發呆的葛雷比爾。

葛雷比爾聽到李傑的漢語，看看李傑的表情，便馬上明白了。他伸出手和老者握了一下，便像被火鉗夾了一下，閃電般地縮了回來。

看著葛雷比爾害怕的樣子，李傑將手放在背後甩了幾下，臉上露出了不易察覺的苦笑。

「什麼？」當二叔看到桌上十幾個小瓷瓶的時候，顯得非常生氣，原本慈祥的表情看起來可以說是震怒。

李傑站在那裏，靜靜地看著震怒的二叔，沒有發表任何的評論。只是端來一杯茶，放在二叔的面前。

「這就是你說的中藥，胡鬧！」二叔指著桌上的小瓷瓶，十分生氣地向李傑詢問道。二叔行醫幾十年了，還沒有這麼發怒過。

葛雷比爾看著臉色陰鬱的這位「高人」，心裏面只是迷茫，他搞不清楚眼前的這十幾個小瓷瓶爲什麼讓高人如此震怒。

李傑看著二叔震怒的表情，一邊心裏暗爽著，一邊還琢磨著怎麼治一治那些東洋鬼子。

「老先生，這些都是假的麼？」葛雷比爾拿起桌上的一個小瓷瓶，用疑問的神情看著胡澈的二叔。

聽完李傑的翻譯以後，二叔捋著鬍子，慢悠悠地抿了一口茶，然後將手裏的核桃放在了桌子上，向葛雷比爾解釋。

李傑有些費力地向葛雷比爾翻譯著專業的中醫辭彙。顯然，葛雷比爾對專業的中醫一片迷茫。

二叔也看出了葛雷比爾的迷茫，決定讓這個洋醫生好好地見識一下中醫的博大精深。他便讓葛雷比爾坐到了自己的身邊。

「這幾天，是不是有點胃痛？」二叔瞇著眼睛爲葛雷比爾把脈。等了一分鐘以後，他便關心地問了一句。

當葛雷比爾聽到李傑的話後，對著二叔就來了一個熱情的擁抱。他嘴裏還大聲喊著：

「太神奇了，這簡直就是不可思議！」

二叔被葛雷比爾熱情地擁抱著，一時也有點迷糊。他不明白這個洋醫生爲何如此激動。

葛雷比爾也裝模作樣地在自己的手腕上摸了幾下，發現根本就什麼也摸不出來。以前只聽說過中醫把脈的神奇，今天他算是真正見識到了。

李傑看著激動的葛雷比爾，顯得有些尷尬，便摸著鼻子，微微地笑了一下，悄悄地在二叔耳邊解釋了一下。

二叔聽完李傑的解釋以後，笑瞇瞇地看著眼前激動得找不到北的洋醫生，擺了擺手，示意這個不算什麼。

也許是二叔的心情有點好轉，他將李傑叫到一邊，向李傑笑瞇瞇地問，大老遠地把他叫來美國做什麼。

李傑也沒有絲毫的隱瞞，將自己打算整治洋中藥的事情，原原本本地都給二叔講了一清二楚。二叔笑瞇瞇的臉上，紅暈愈發明顯了。他也不說話，只是一個勁地捋著鬍子，上下打量著李傑。

「二叔……」李傑看著二叔笑瞇瞇的樣子，也不知道二叔心裏究竟想的是什麼。這二叔看李傑的目光，讓李傑有點不自在。

「好！」二叔將手裏的核桃搓了幾下，然後用力地拍了拍李傑的肩膀，大聲地說了一個字，便又笑了起來。

「葛雷比爾！」李傑看了一眼還在那裏有些癡癡呆呆的葛雷比爾，向他揮了揮手，將葛雷比爾叫了過來。

「你有沒有什麼有錢的朋友？」李傑摟著還有些找不著北的葛雷比爾，用一種非常怪異的語調向他問著。

李傑現在臉上的表情，就一個十足的奸商樣。

葛雷比爾看著李傑那一副有點變樣的表情，哆嗦了一下，在他的眼裏，李傑此時的表情，就像是一個猶太商人在勸自己買一輛二手車。

「把有錢朋友的名單說出來！」李傑的表情在葛雷比爾看來，就是這樣的潛台詞。

胡澈的二叔也是依然笑瞇瞇地看著葛雷比爾，不斷地搓弄著手裏的兩個碩大的山核桃，發出「咔啦」的聲音。

葛雷比爾看著二叔的表情，聽著核桃不斷碰撞的聲音，覺得二叔的樣子，就像是李傑手下的打手一樣，而核桃的聲音，就像是兩塊骨頭碰在一起。

「還有，還要借用一下你的辦公室！」李傑那樣笑嘻嘻的聲音在葛雷比爾的耳邊宛如炸雷一般地響了起來。

如果是在戰場上，葛雷比爾一定會雙手高舉美國國旗，然後大聲宣稱：「我是美國公民，救助我，美國會感謝你！」

「哦。對了，你有沒有律師朋友啊，聽說美國的律師都挺有錢的！」李傑摟著葛雷比爾，看著他頭上豆粒般大小的汗珠問了一句。

李傑之所以叫律師來，除了讓美國人見識一下中醫的博大精深之外，還想同時避免以後開中醫館一些不必要的麻煩。

可是這句話配合上李傑的表情，在葛雷比爾的眼裏看來，可就是另外的一個味了。找律師做什麼，難道是讓自己簽下一個有著律師監督的財產贈與協議，我除了R．隆多的照片之外，就沒有什麼值錢的東西了。葛雷比爾在腦海裏搜索著自己的寶貝。

在葛雷比爾的耳朵裏，李傑這一句找律師朋友的話，彷彿就是在宣判他的死刑一樣。看著笑瞇瞇的李傑和胡澈的二叔，葛雷比爾思索了半天，總算是點了點頭，答應了李傑的幾個要求。

李傑聽到了葛雷比爾的話，便鬆開了他，便拉著胡澈的二叔走了出去，把他領到了夏宇的病房。

葛雷比爾看著李傑和胡澈二叔走出去的樣子，悄悄抹了一把汗，心裏一個勁地嘀咕。

「怎麼有點黑手黨的樣子！」

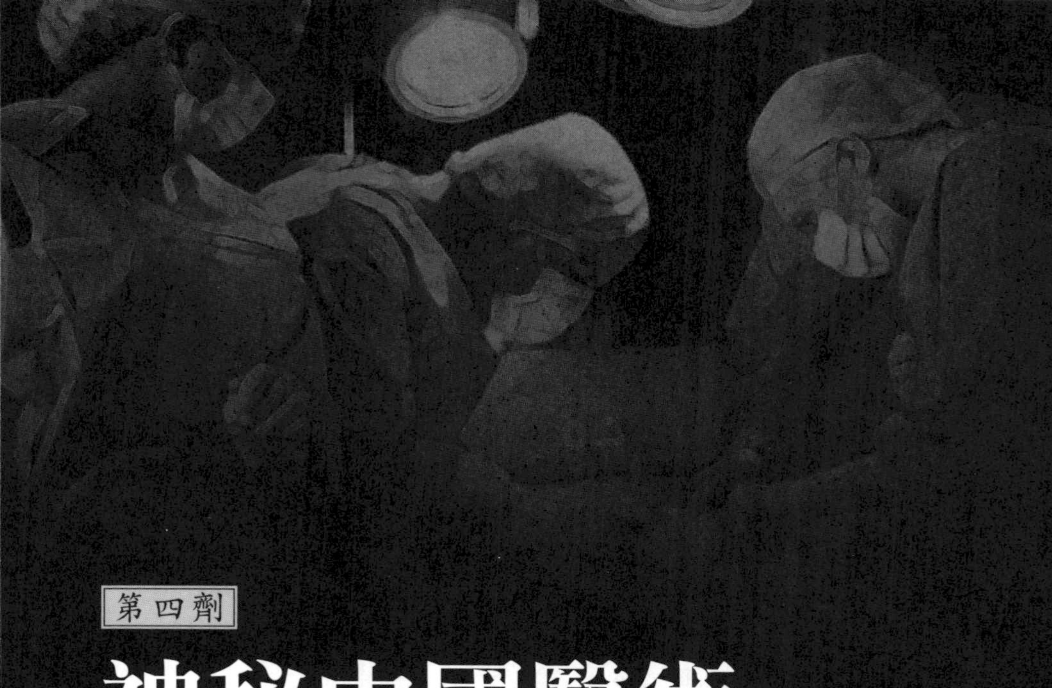

第四劑

# 神秘中國醫術

看著李傑的表情，葛雷比爾感覺就像是掉進了冰窟一樣，
渾身發冷，還不住地打顫，嘴裏還不停地念叨著什麼。
李傑此時笑眯眯的表情，
就像是一個冷血的殺手在看著早已掉進陷阱而又無處藏身的獵物一樣。
而李傑此時正在想著怎麼從這些美國人的身上賺取到更多的美元，
只要這幾個有錢的傢伙好好地「享受」了一番推拿以後，
計畫的第一步就算是完成了。
以後，推拿、針灸等中醫傳統的手法會逐步滲透到西醫的方方面面，
想排除也排除不了了。

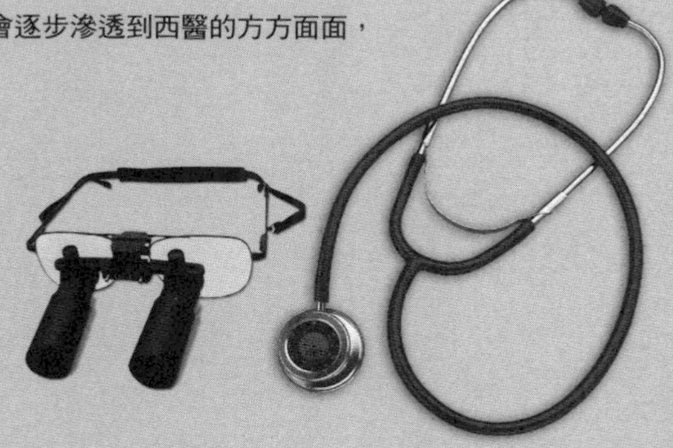

夏宇恢復的情況很不錯，氣色很不錯。胡澈的二叔為夏宇把了把脈，都忍不住稱讚了李傑幾句。

「你有什麼想法？」胡澈的二叔捋著鬍子，看著幾個洋中藥小瓷瓶，眉頭皺了一下。

當然想把這些洋中藥統統收拾了，一個也不留。李傑看著二叔手裏拿著的小瓷瓶，心裏狠狠地想著。

「二叔，聽說推拿是你的絕活。」李傑不輕不重拍了一下二叔的馬屁，然後看著二叔。

二叔聽到李傑的這句話，繼續捋著鬍子，搓著核桃。一臉慈祥地看著李傑，不過眼睛裏那份得意的神色，卻是怎麼也擋不住的。

李傑看著二叔的那雙手，就止不住哆嗦，推拿是您老的絕活，可是也不能把我當練手的啊？想到這裏，李傑不自覺地將手背到了身後。

看著李傑害怕的樣子，二叔依然是笑瞇瞇的樣子，將手裏的核桃放在了桌子上面，然後抿了一口茶。

李傑走到二叔的身邊，笑瞇瞇地給二叔半空的茶杯裏添滿了茶水，低下頭靠在二叔的耳朵旁邊悄悄地說了幾句。

聽完了李傑的話，二叔用手指頭指著李傑笑著說：「就知道你個小子沒有安什麼好心！」不過語氣裏沒有一絲的怒火。

看著辦公室裏的幾個人，在二叔身後恭恭敬敬站著的李傑，拚命忍住自己強烈的笑意。胡澈的二叔按照和李傑商量好的，將手裏的兩個山核桃換成了兩個分量不輕的傢伙。

葛雷比爾看著李傑，心裏不由得讚歎了一番，原來這個看似鄉下小子的傢伙打扮起來也是挺帥的麼！

李傑今天特意地將自己打扮了一下，頭髮也重新修剪了一下，還換上了一件小領的西裝，站在胡澈二叔的後面，彷彿一個保鏢一樣。

胡澈的二叔則端端正正地坐在那裏，穿著一件藏藍色絲綢的唐裝，笑瞇瞇地抿著茶，眼睛在幾個人的身上不經意地掃著。

葛雷比爾看著胡澈的二叔，由看著李傑的驚喜變得更加的狂熱。在他眼裏，這個中醫也太過於神秘了。

辦公室裏的幾個人也都一臉奇怪地看著李傑和胡澈的二叔。

「你們的身體都有點問題！」胡澈的二叔對著辦公室裏的幾個人，將手裏的傢伙放在桌上，淡淡地說了一句。

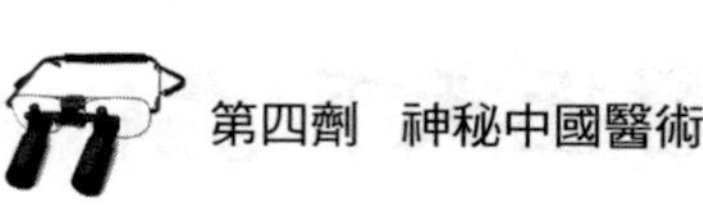


當辦公室裏的幾個人聽完胡澈二叔的這句話以後，臉色有點震驚，不過這些人好歹也是見過大世面的，幾個人互相低頭嘀咕了起來。

「這位……先生！」其中一個穿著灰色西裝的人，看著胡澈的二叔，揣摩了一下稱謂，問道，「究竟是什麼病？」

胡澈的二叔看著這個首先發問的人，只是輕輕地抿了一口茶，然後依然笑瞇瞇地看著幾個人。

「你是不是每天早上起來，都會有點頭暈？」胡澈的二叔慢條斯理地說了一句，向李傑示意了一下。

李傑將胡澈二叔的原話翻譯了一下，便有些得意地看著那個發問的人，那人的眼睛裏充滿了不解。

胡澈的二叔當然知道這個傢伙為什麼不解了，中醫診斷依靠的是望、聞、問、切這四個手段。

從他們一進辦公室，胡澈的二叔就注意著這幾個人，仔細地觀察了好一陣子，發現這幾個人都多多少少有點小毛病。

剛才這個穿著灰色西裝的傢伙，又說了一句話。胡澈的二叔聞到了一絲消化不良特有的味道。

「你怎麼知道？」這個傢伙顯然非常驚奇，驚奇得都有點開始激動了，一個勁地哆嗦著嘴唇。

李傑聽著這句話，差一點沒有忍住笑。他怎麼知道？只要看你幾眼，你一張嘴，就知道你晚上睡得香不香。

葛雷比爾靠在自己這個朋友的耳朵旁邊，悄悄地說了幾句。這個朋友的眼睛越睜越大，差一點就從眼眶裏掉出來。

「您有什麼辦法麼？」這個人說話的口氣比剛才要恭敬得多，顯然對這個神秘的中醫有點感激。

「有！」李傑向前走了幾步，看著大廳裏的幾個人，緩緩地說了一句，然後眼睛裏閃爍著不一般的光芒。

在一邊的葛雷比爾，眼裏放出無比狂熱的光芒。李傑這一回要亮出中醫的真正本事了。

李傑走到桌前，拿出了一個不大的木頭盒子，輕輕地放在了二叔的面前，然後將盒子上的鎖扣「啪」地一聲給打開了。

盒子是用檀木做的，上面還雕刻著古樸的花紋。包括葛雷比爾在內的幾個人，頭不由自主地湊上前來，打算看看盒子裏面究竟裝了些什麼。

當盒子被二叔打開以後，圍在盒子周圍的幾個人，都不約而同地發出了驚訝的叫聲。盒子裏面裝的是一套針灸用的銀針，規格齊全，在燈光下，泛著犀利的光芒，看得一群人倒吸冷氣。

「李傑，那個，你該不會是用它來治病吧？」葛雷比爾看著燈光下反射著絲絲涼意的這麼一套銀針，結結巴巴地問了一句。

在葛雷比爾看來，這一套中醫的傢伙，根本就不是用來治病的工具，用來取人性命倒是不錯的選擇。

回想前幾天，李傑問自己有沒有有錢朋友的表情，葛雷比爾忍不住打了一個寒戰，看來今天李傑是真的打算出手。

站在葛雷比爾旁邊的幾個人，臉色也不比葛雷比爾好到哪裏去。

胡澈的二叔看著幾個目瞪口呆的人，依然是一副笑瞇瞇的樣子，捋著鬍子，坐在那裏一言不發。

李傑看著幾個一臉驚恐之色的美國人，心裏就覺得好笑。剛才還是一臉的期望，現在看到真傢伙了，又開始害怕起來。

李傑看著葛雷比爾，又看看胡澈的二叔，臉上顯露出一副狡黠的笑容，他故意咳嗽了兩聲。

聽著李傑的咳嗽，幾個人都有點害怕地縮了縮脖子。他們害怕自己會成爲這套「殺人裝備」的第一個犧牲品。

尤其是那個穿著灰色西裝的男子，更是誇張地後退了幾步，一雙褐色的眼睛裏全是恐懼之色。

李傑的目光慢慢地掃過辦公室的幾個人，隨後落在了葛雷比爾的身上，還上下打量了幾番。他最後點了點頭，彷彿很滿意的樣子。

葛雷比爾看著李傑的目光，就覺得一股寒氣從腳後跟湧了上來，一直冒到頭頂，並且在頭頂盤旋著久久不肯離去。

「李傑，我很健康！」葛雷比爾反應得倒是挺快，馬上就意識到自己會成爲李傑手下的第一個犧牲品，便趕忙抵抗了一下。

可是李傑似乎沒有聽到葛雷比爾的這句話，還是用那種讚賞的目光看著葛雷比爾，彷彿在欣賞著一件不可多得的文物一樣。

之所以選擇葛雷比爾，李傑有兩個理由：葛雷比爾是一個狂熱的中醫愛好者。他對於中醫的熱情不亞於對R．隆多；葛雷比爾還有著醫生的身分，如果中醫在葛雷比爾的身上獲得療效，那比什麼鑒定結果都有效。

還有一個李傑不願意說的理由，那就是這個葛雷比爾有很多有錢的朋友，有葛雷比爾這個活廣告，要比上了報紙頭條還有用。

「這個是用來放血的！」李傑從盒子裏挑出了一枚銀針，仔細地看了半天，然後向葛雷比爾點頭示意著。

聽了李傑的話，葛雷比爾的汗立馬就佈滿了臉。放血的！這個李傑是打算讓自己流血過多而死啊！

李傑手裏的銀針，在葛雷比爾的眼裏反射著冰冷的光芒，看得葛雷比爾一陣陣地心跳加速。

不過，葛雷比爾並沒有注意到李傑眼睛裏那些狡黠，他現在最爲擔心的是這枚三角頭的銀針會扎在自己身體上的什麼部位。

葛雷比爾看著李傑上下打量的目光，心裏一個勁地嘀咕，頸動脈？它應該是最好找的！或者從自己的頭頂扎進去，一招斃命！

李傑打量了幾下葛雷比爾，微笑著將手裏的銀針放回了盒子裏，然後笑瞇瞇地看著滿頭大汗的葛雷比爾。

看著辦公室裏那幾雙充滿不解和恐懼的眼神，李傑暗暗地問了自己一句：「是不是玩得有點過火了！」

其實李傑拿出銀針的目的，並不是要讓幾個美國人感到害怕，他只是想讓這幾個傢伙對中醫充滿了神秘。

現在倒好，這麼一招下來，中醫的神秘沒讓這幾個美國人感受到多少，倒是讓他們對中醫感到害怕。

「早知道就拿刮痧的傢伙來了！」李傑將裝有銀針的盒子合上以後，站在二叔的身後，輕聲嘀咕了一句。

看著李傑將銀針放回到盒子裏面，葛雷比爾和幾個人都放下心來，還暗自在心裏默默祈禱了一下上帝。

二叔也看到了幾個美國人眼睛裏的驚恐之色，然後再看看李傑一臉揶揄的表情，笑得比剛才更加燦爛了。

葛雷比爾看著李傑和胡澈二叔的樣子，剛放下的心又重新提了起來。因爲李傑的這個笑容讓幾個人都感到有些害怕。

葛雷比爾有些緊張地甩了幾下胳膊，躲到桌子的另一頭，遠遠看著那個檀木做的盒子，艱難地咽了一口唾沫。

由於剛才李傑的幾句話，葛雷比爾的肌肉一直處於一種緊張的狀態，現在他感覺自己的胳膊有點肌肉疲勞的樣子。

李傑注意到葛雷比爾的樣子，便笑眯眯地走了過去，然後悄悄地對他說了一句，便拉著葛雷比爾坐到了二叔的旁邊。

葛雷比爾一臉的死灰樣，彷彿被宣判了死刑一樣，任由李傑將他的胳膊放在了二叔的面前。他那一副悲痛的樣子，就彷彿要和自己的胳膊說再見一樣。

不過，當他看著李傑的目光，臉上的悲痛算是少了一點，他從李傑的眼神裏看出了一絲相信，就像是病人相信自己一樣。

葛雷比爾咬了咬牙，眼睛一閉，算是答應了李傑剛才的話。

李傑剛才對葛雷比爾說：「你要相信我！」他的表情很認真。

胡澈二叔將手緩緩地搭在葛雷比爾的肘關節上，尋找了幾個穴位，依次輕輕地揉搓著，手法很是熟練。

葛雷比爾感覺一股微微發熱的氣流，從自己的肘關節，慢慢地向手臂流了過去，同時還感覺到肘關節有些輕微的發麻。

這種感覺很奇怪也很微妙，似乎有一種不言而喻的興奮在裏面，但是卻又和一般的興奮不同。

漸漸地，葛雷比爾緊閉的眼睛睜開了，他看著自己有些微微發紅的手掌，又抬頭看看笑眯眯的李傑。

「哦，天哪！」葛雷比爾發出了一聲驚呼，眼睛裏全是從來沒有的驚喜之色，彷彿是看到了什麼天外飛仙一樣。

胡澈二叔的按摩很快就結束了，他慢悠悠地抿了一口茶，然後捋著鬍子，看著一臉興奮的葛雷比爾。

葛雷比爾看著李傑，又看看微微發紅的手掌，在胳膊上胡亂地捏著。他眼睛睜得很大，一臉的不相信。

「這種感覺，就像是，就像是……」葛雷比爾還在那裏捏著自己的胳膊，不斷地在辦公室裏走來走去。

「就像是重生了一樣！」葛雷比爾終於找到了一個自認爲合適的辭彙，仔細地端詳著胳膊，彷彿是一個接受斷肢再植的患者一樣。

重生？李傑聽到葛雷比爾的這個辭彙，差一點沒有趴在地上，心裏想著：這個美國人也太會找詞了吧！

「你們看，你們看！」葛雷比爾向幾個朋友不停地顯擺著自己的胳膊，臉上的那個興奮的樣子，就像是自己的胳膊是一顆大鑽石一樣。

葛雷比爾一邊顯擺，一邊還喋喋不休地發表著自己的感受。其他的美國人在聽完葛雷比爾的話以後，也和他的表情差不多。

看著一屋子興奮的面孔，李傑看著二叔，微微地相視一笑，目的算是初步達到了。這是他們兩個人心裏此時的想法。

「上帝，你是怎麼辦到的？」葛雷比爾捏著自己的胳膊，看著胡澈的二叔，眼睛裏全是期望和不解。

「穴位！」李傑在一旁翻譯著。

葛雷比爾有點傻眼，他不知道這穴位是什麼東西，難道和開關一樣，按一下，就有反應不成？

李傑解釋了半天，也沒有給葛雷比爾解釋清楚。李傑解釋得滿頭大汗，葛雷比爾聽得一頭的霧水。

李傑還好一點，就是有點費力。葛雷比爾可就不一樣了，他對於中醫的理解，除了那些「本草」之外，就沒有什麼了。

「閣下幫個忙好麼？」那個穿著灰色西裝的男子，向胡澈的二叔恭恭敬敬地請求了一句。

李傑聽到這句話，差一點就高興地跳了起來。在葛雷比爾這個試驗品的引誘之下，沒有幾個人會搖頭拒絕中醫治療的。

胡澈的二叔笑瞇瞇地點了點頭，算是答應了這個灰色西裝的請求。他向李傑示意了一下，便走到了旁邊的房間裏面去了。

葛雷比爾看著自己朋友高興的樣子，也在那裏手舞足蹈地激動個不停，彷彿是自己再一次接受了胡澈二叔的治療一樣。

李傑還是有那麼一點點的擔心，他害怕灰色西裝的傢伙會臨時反悔，便將桌子上的那個檀木盒子收了起來，打算跟進去。

葛雷比爾看著抱著盒子的李傑，心裏又開始「怦怦」地跳了起來，他生怕李傑跟進去以後，用那些「殺人工具」招待自己的朋友。

「李傑！」葛雷比爾一把就拉住了李傑，還不斷地用眼睛瞄著李傑手裏的那個盒子，生怕李傑當場就掏出一枚銀針給自己治療一下。

被葛雷比爾抱著的李傑，是一臉的困惑。當他看著葛雷比爾眼睛緊緊盯著的盒子，馬上流露出了一絲瞭解的神情。

李傑知道，葛雷比爾害怕自己拿著銀針衝進去，對那個被二叔治療的傢伙，來上那麼幾下。

其實葛雷比爾的擔心也並不是沒有什麼道理，李傑對於中醫就是一個半瓶子醋的水準，要讓他給人治病，還真是要了人的命。

李傑看著葛雷比爾擔心的樣子，將手裏的盒子放到了桌子上，然後便由葛雷比爾拉著坐到了椅子上。

葛雷比爾是一頭的大汗，他心裏琢磨著，這個傢伙是不是有點嗜血的傾向，就算你是一個醫生，也不能拿著針就給人來上一下。

李傑坐下來以後，也沒有急著站起來，他用手輕輕地撫摸著盒子，笑瞇瞇地看著隔壁的房間。

看著李傑的表情，葛雷比爾感覺就像是掉進了冰窟一樣，渾身發冷，還不住地打顫，嘴裏還不停地念叨著什麼。

李傑此時笑瞇瞇的表情，就像是一個冷血的殺手在看著早已掉進陷阱而又無處藏身的獵物一樣。

而李傑此時正在想著怎麼從這些美國人的身上賺取到更多的美元，只要這幾個有錢的傢伙好好地「享受」了一番推拿以後，計畫的第一步就算是完成了。

以後，推拿、針灸等中醫傳統的手法會逐步滲透到西醫的方方面面，想排除也排除不了了。

想想看，這種享受中醫的樣子，就像是吃到一盤美味的中國菜一樣，享受了第一次，就會有以後的幾次。越來越多的美國人會逐步喜歡原本神秘的中醫，那樣的話，在美國開幾家中醫館都不夠賺的。

想到以後中醫館門前不斷來來回回的人群，還有人群口袋裏無數花花綠綠的美元，李傑不自覺地咧開了嘴笑了起來。

看著李傑發笑的樣子，葛雷比爾簡直就是汗如雨下。他不明白這個傢伙在這裏無端笑什麼！

葛雷比爾看著發笑的李傑，往後退了幾步。此時的李傑早已被自己想像中花花綠綠的美元迷亂了心智。

「怎麼有點精神失常的樣子！」站在不遠處的葛雷比爾，暗自嘀咕了一句。他的這句話，此時用來形容李傑最爲貼切。

此時正在哈哈大笑的李傑，一點醫生的樣子也沒有。他不斷地拍打著那個檀木盒子，眼睛裏全是高興的神色。

誰讓李傑對紅星投入了大量的人力、物力，還有財力呢？有了那些花花綠綠的美元，紅星以及旗下的許多產業，都將以一個十分迅速的速度發展起來。

葛雷比爾聽著李傑拍打木盒發出的「咚咚」聲，感覺自己的喉嚨有點乾澀，艱難地咽了一口唾沫。

在他看來，李傑拍打著木盒，就像是一個殺手在行動之前，仔細地擦拭著自己的槍械一樣。

「哦，葛雷比爾，你有什麼問題麼？」李傑笑了半天，這才反應到葛雷比爾的存在，馬上收起笑聲，瞇起眼睛，笑嘻嘻地問了一句。

「沒有，沒有！」葛雷比爾聽到李傑的問話，馬上一個激靈，下意識地張口就是一句，彷彿慢上半拍李傑就會打開木盒出手一樣。

李傑也沒有說些什麼，只是微微地瞇起眼睛，抬頭看著雪白的天花板，一副愜意的樣子。

葛雷比爾看著李傑舒服的樣子，便慢慢地坐了下來，一頭汗水地看著那扇虛掩著的門，急切的眼神好像他那個朋友不再會走出來一樣。

李傑看著葛雷比爾焦急的樣子，拍了拍他的肩膀，慢悠悠地說了一句：「你還不相信我麼？」

葛雷比爾看著李傑的眼睛，盯了半天，打算從李傑的眼睛裏看出一些端倪，不過看了半天還是沒有能看出什麼來。

就在葛雷比爾和李傑大眼瞪小眼的時候，從那扇虛掩著的門裏，傳來了一聲撕心裂肺的慘叫。

李傑聽到這聲慘叫以後，頗有些無奈地撇了撇嘴，心想這個哥兒們的嗓門也太大了吧！不去唱男高音真是可惜了。

坐在那裏的葛雷比爾想的和李傑可不一樣，當他聽到這聲慘叫以後，臉色一下子就變得非常慘白。

就在李傑嘴裏不停念叨的時候，葛雷比爾一個箭步，便向著那扇門，急速地衝了過去，比兔子跑得還要快。

當葛雷比爾飛身衝到門口，並將房門打開了以後，一幅非常詭異的情景展現在他面前。他的這個朋友，正赤身裸體地趴在地板上，雖然是一副齜牙咧嘴的樣子，不過從表情上看來，還是十分的享受。

「哦，天哪！太神奇了！」這位只留下了一個褲衩的仁兄，嘴裏還不停地叫喊著剛才葛雷比爾說過的話。

而胡澈的二叔正盤腿坐在一邊，一雙蒼勁有力的大手，正在這位仁兄的脊背上，使勁地揉搓著。

「嗨，葛雷比爾，你也來試試！」這人說這話時，目光很誠懇，表情也很到位，不知道他的真實想法是什麼？葛雷比爾聽著這句話，心裏就冒冷氣。

「哦，真是舒服啊！」這位仁兄，還十分熱情地向葛雷比爾招了招手，在呼喚葛雷比爾也來舒服一下。

李傑這個時候也走到了門邊，看著不停在那裏大聲吼叫，還一邊招呼葛雷比爾的傢伙，腦門子的汗比葛雷比爾頭上的還要多。

葛雷比爾看著朋友招呼自己的樣子，有些退縮，心裏琢磨著，自己真是交友不慎！你在那裏受虐待也就罷了，還要把我給拉上！

李傑則是一邊看著「慘叫」的那個美國人，一邊無奈地搖了搖頭，然後歎了一口氣，便轉身走到了椅子旁邊。

看著朋友叫聲那麼淒慘，幾個人要求胡澈二叔停下，免得自己的朋友慘遭不幸。不過，這位看似正在慘遭不幸的仁兄，馬上駁回了這個建議。

他還信誓旦旦地要求胡澈二叔給自己做完了以後，再辛苦一下，也給這幾人挨個來一遍。

「變態！」「受虐狂！」葛雷比爾和其他的幾個人，同時給自己的這個朋友下了一個這樣的定義。

其實這位仁兄也不是一個真正的受虐狂，只是那種推拿按摩的感受，他自己一時半會兒也形容不出來。

雖然是有些酸痛，不過那陣酸痛過後，代替的是一種舒服的感覺。被揉搓的地方彷彿有一股熱流湧過。

雖然這種感覺和洗桑拿的感覺差不多，但是桑拿的熱是從體表到體內的，而這種熱流是從身體內部像噴泉一樣湧出的。

聽著關節「嘎啦嘎啦」的響聲，幾個人也是一臉的痛苦。尤其是葛雷比爾，他覺得這人一定是疼得思維已經混亂了。

在葛雷比爾幾個人的一致要求下，胡澈二叔停止了對這位仁兄的推拿治療工作，拿起放在一邊的手帕，擦了擦手背上的汗，坐在椅子上，抿了一口熱茶。

「哦，天哪，幹嗎停下來！」這位仁兄，完全不把朋友的關懷放在心上，掙扎著爬起來，對著葛雷比爾幾個人睜大了眼睛，好像是他剝奪了他自己的什麼權利一樣。

「不停下來，你會死的！」葛雷比爾大聲地喊了一句，正處於思索狀態的李傑的思路給無情地打斷了。

「我！會死？」這個傢伙看來也是和葛雷比爾一樣的活寶級人物，看著幾個朋友鬥牛一樣的眼神，他還誇張地做了幾個健美的姿勢。

「你們看看！」這個活寶一邊擺著姿勢，一邊在原地轉著圈，就這麼在半裸的狀態下，開始了自己的顯擺。「我比以前還要健康！」

葛雷比爾幾個人仔細一看，都是一臉不可思議的樣子，分明就是大白天見到鬼了。

這位活寶仁兄不光是胳膊，而且全身的皮膚都是一種發紅的樣子。這微微發紅的皮膚下，彷彿隱藏著無窮的力量一樣。

「你這是怎麼搞的？」葛雷比爾的眼睛裏面，散發著無比狂熱的光芒，還用手輕輕地摸著朋友微微泛紅的皮膚。

「你讓我看到了上帝！」握著胡澈二叔的手，活寶仁兄似乎下跪一樣，彷彿自己受到了上帝的眷戀一樣。

李傑看著這位活寶仁兄，臉上的黑線越發明顯了。

中醫怎麼會讓他激動成這個樣子！

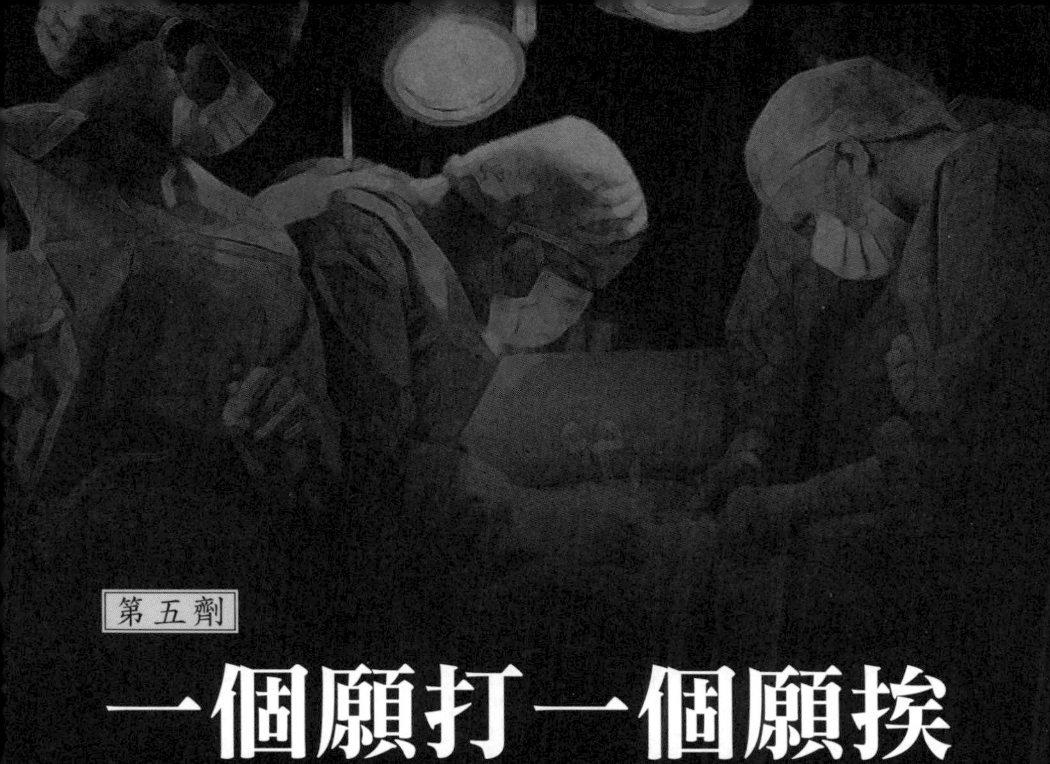

第五劑

# 一個願打一個願挨

李傑的醫館開在美國，除了要弘揚中醫文化以外，
另外一個目的就是賺錢！沒錯，充滿銅臭味的目的——賺錢！
也許這大大地違背了醫德，但美國人喜歡中醫的治療，
可以說是一個願打一個願挨！
誰也不能怪李傑把價格定得那麼高，中醫中藥本來就是一些怎麼說都可以的東西。
草藥你可以說它是一百美元一克，也可以說是一千美元一克！
這就是壟斷，這就是技術優勢，
美國人向中國出口的東西擁有技術優勢的時候也是這樣！

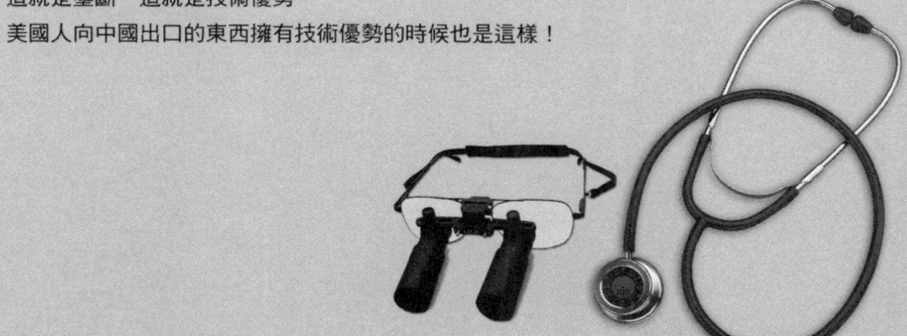

「二叔，辛苦了！」李傑向二叔雙手抱拳作了一個揖，臉上的笑容在陽光的照耀下，顯得更加的燦爛。

胡澈二叔還是和以前一樣，微笑了一下，不過，那副得意的樣子，連鬍子都翹了起來。

「二叔，我有個想法！」李傑也沒有過多的掩飾，開門見山地向二叔說，順便還露出了一個狡黠的笑容。

二叔看著李傑的笑容，就知道這個小子又有什麼想法了。上一次的推拿，那幾個美國人到現在還念念不忘。

李傑坐在二叔的對面，恭恭敬敬地說出了自己計畫的第二步，二叔聽著李傑的計畫，臉色也是越來越紅。

「你小子！」二叔滿面紅光地指著李傑，笑得眼睛都瞇了起來，半長的鬍子差一點都翹到天上去了。

在二叔的安排下，很快地，他就找到了國內的幾個推拿高手，還意外地找到了幾個有著較長行醫時間的老中醫。

中醫館的執照，在葛雷比爾那位律師朋友的安排下，也非常迅速地搞定了。在這個期間，葛雷比爾的其他幾個朋友也是有錢的出錢，沒錢的出力。

按照李傑的意見，中醫館的裝潢處處顯示著中國的文化，說不上是雕樑畫棟，也算是精雕細刻。

光是中醫館那個渾身上下透露著中國味的大門，在李傑的建議之下，就反反覆覆地修改了好幾遍。

進門之後，入眼簾的是兩個高達兩米的青花瓷瓶。然後是有著純木雕花的門診室，不用玻璃，但也不就這麼敞開著，因爲得顧忌患者的隱私權，所以就用一層薄薄的窗戶紙貼著。

坐診的幾個老中醫都著中式唐裝，寫個病歷和診斷處方，都用毛筆！鋼筆，那個沒有什麼中國味。

病歷要寫得工整，以後要用來作資料查看的，不能馬虎，而且一點墨蹟和塗改的痕跡都不能有。

處方單要寫兩份，一份工整，一份要寫得龍飛鳳舞，讓那些老外看不清最好，只要那些抓藥的夥計認識就可以了。

工整的那一份，要留在中醫館裏，這也是不可或缺的資料，以後用來查的話，就不用那麼費勁了。

至於龍飛鳳舞的那一份，就交給病人，他們想留就留著，也算是一種中國文化的體現，他們也不吃虧。

還有一個是，中藥全部由國內空運過來，要道地的，不能有一點點的水分和瑕疵。中藥的分裝，不採用原始的人爲手抓式分藥，要用匙一點一點地分，每一副中藥的量都要十分精確。

當然，那些不會煎製中藥的美國人也不用擔心，每一副中藥都可以委託中醫館來熬製，這個要單獨算錢的。

除了中藥以外，還有大家都見過的成藥，這些也都是由中醫館製作的，全部採用中式包裝，上面除了藥物監委會的蓋章，就沒有一個英文了。

不是北宋風格的青花小瓷瓶，就是唐三彩風格。總之，全部是中國風格，你在這裏找不到一點點國外的樣子。

至於那幾個請來的按摩推拿師父，全部安排在後堂。胡澈二叔這個鎮館之寶親自坐診。後堂的推拿館被一大片鬱鬱蒼蒼的竹林所包圍，其間還種植著松蘭梅菊等等各色花卉，保證每一個季節都有不一樣的風景。

當葛雷比爾和他的幾個朋友作爲第一批患者進來的時候，馬上就被這濃濃的中國味給吸引了。

「天啊，上帝啊！」顯然他們都被迷住了。

李傑一臉得意地看著這幾個美國人，他們的神情和劉姥姥進了大觀園沒有什麼區別。

將他們領到後面的推拿堂以後，李傑喜滋滋地向幾位介紹了一下找來的幾個推拿醫師，至於胡澈的二叔，大家都是熟人了，也不用過多地介紹。

幾個美國人再次享受了一次推拿的快感，不過，在李傑的授意之下，幾個推拿師父都沒怎麼用力。

以前在葛雷比爾辦公室裏撕心裂肺的慘叫也沒有再次出現，這幾個傢伙躺在那裏美滋滋地享受了一番。

在他們走的時候，李傑還一人給了一張保健卡，他們以後可以免費享受中醫館的服務。最後，李傑還送了他們幾瓶常用的成藥，不過他也同時強調了「是藥三分毒」這個概念，並且叮囑他們要時常按摩、運動。

看著葛雷比爾幾個人一臉喜悅地離開，李傑的臉上也笑得像開了一朵花。他知道，用不了多久，在這幾個人的大力推廣之下，中醫館的生意會越做越火。

到那個時候，憑藉著中醫這塊牌子，一定會讓那些亂七八糟的「本草」很快在市場上消失。到時候就是中醫中藥獨霸這塊市場，讓那些現在市面上的「本草」統統見鬼去吧！

再說了，這家中醫館還能爲紅星和旗下的幾個企業助推。憑藉著中醫館帶來的滾滾財源，它們就能迅速成長和發展起來。

作爲一個醫生，李傑的目的是治療更多的人。可是作爲一個中國人，他希望自己的醫術是爲了中國人服務，而不是爲那些金色頭髮高鼻樑的洋鬼子！

李傑的醫館開在美國，除了要弘揚中醫文化以外，另外一個目的就是賺錢！沒錯，充滿銅臭味的目的——賺錢！

也許這大大地違背了醫德，但美國人喜歡中醫的治療，可以說是一個願打一個願挨！

誰也不能怪李傑把價格定得那麼高，中醫中藥本來就是一些怎麼說都可以的東西。草藥你可以說它是一百美元一克，也可以說是一千美元一克！

這就是壟斷，這就是技術優勢，美國人向中國出口的東西擁有技術優勢的時候也是這樣！

李傑的中醫館在美國上流社會成爲了一種時尚。現在都市的人們喜歡接近自然，他們受夠了抗生素等等藥物的副作用，他們喜歡中藥這種純天然的產品。

這股中國風瞬間刮遍了美國，李氏中醫館如春後的種子在美國的大地上遍地開花，可惜這盛景李傑看不到了。因爲他正在回國的飛機上，這次回國他是孤身一人。

他匆忙回國的原因是，中醫館的快速擴張讓很大一部分人眼紅，很多人跟風開中醫館，於是藥物供應捉襟見肘，李傑需要回國理清藥物供應的管道。

他甚至考慮是不是自己開展種植園的業務。這次的國外之行簡直就是一段光怪陸離的夢，每一件事都是那麼巧合怪異，卻都是那麼真實。

很多時候，李傑覺得自己在做夢，似乎這些事情都沒有真正發生，但這不是夢，他此行帶給了紅星醫院一份合作協議中醫館開遍美國的碩果！

此刻，他回國正是要解決藥物管道的問題。波音七三七飛越太平洋諸島，向著古老而神秘的東方前行。

李傑其實在美國還有很多事情要做，比如夏宇的心臟置換，還有中醫館等事情。可是買藥材必須是他親自回來，如果換了其他人，李傑實在是不能放心。

美國中醫館那裏可以用胡澈他們幫忙，這沒什麼問題。問題是，國內部分藥材市場混亂，如今很多農民高喊著「要發財，種藥材」，近年來一些農村地區紛紛放棄糧食生產，而是選擇了「短、平、快」的中藥材項目，並把它作爲支柱產業來抓。

由於糧農缺乏藥材種植的經驗，以及部分藥農受利益驅動，沒能把好藥材生產的源頭

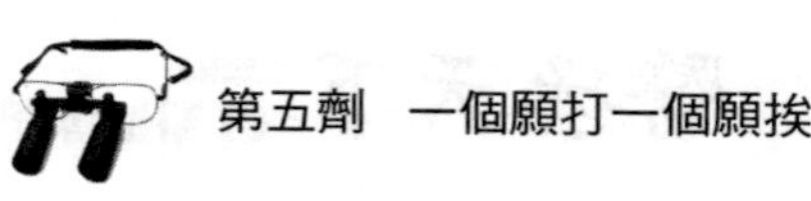


關，出現了藥材品質下降、農藥殘留超標、生產無人監管、種養無章可循的局面，致使藥材市場上魚目混珠，部分非主產地生產的僞劣藥材打著道地藥材的名義招搖過市，造成了「道地藥材不道地」的怪現象。所以必須是一個懂得藥的、懂得市場的回國！這個人就非李傑莫屬了。

飛機降落在中國南方最繁華的城市之一——上海市。這裏雖然不是藥物的主產地，可這裏卻是藥物的集散地。

而且李傑也不打算全國走一遍，整個中國幾乎每個地方都有不同的道地藥材，他不可能全中國都走一遭。

做這個還需要走一下捷徑，李傑打算先拜訪藥材商，從他們那裏瞭解一下管道，然後再做打算。

上海市作爲中國的第一大都市，已經有很多年的歷史了，甚至在舊社會，很多外國人直接稱中國人爲上海人，可見其影響！

李傑對於他那個世界的上海市還算是熟悉，兩個世界本來就有一些差距，再加上城市發展時間的差距，現在的城市讓李傑感覺很差，不過卻很有活力。

找到旅店先安頓下來以後，李傑並不著急去找那些藥材商，他打算先在這裏做一番考察。

如果直接去找那些商人，會讓他們覺得自己很心急，奸商們說不定會趁機要脅。上海的風景名勝很多，這裏只有他一個人，于若然和艾蜜麗都沒有跟過來。

想到兩位女士，他就頭痛，於是乾脆不想。在大街上無聊地逛了幾圈以後，李傑看到了一個藥店，或許是職業病的緣故，他鬼使神差地走了進去。

中國的藥店大多是中西醫結合的，既賣西藥同時也賣中藥。這樣不專一的藥店在國外是不敢想像的，不過在中國卻很正常。

走進藥店，就能聞到一股撲鼻的藥香，一個年輕的學徒在整理藥材，一個老中醫正在坐堂，看到李傑，他不由得皺了皺眉頭。

中醫講究望聞問切，第一就是望，病人進來了一定要先看看他走路的姿勢力度和面相等等。

可是這老中醫雖有坐堂幾十年的經驗，卻愣是沒看出李傑有什麼毛病。這怪不得別人，因爲李傑根本沒毛病。如果他能看出來，倒是他眼睛有病了。

「看病還是抓藥？」老中醫問。

「抓藥！」

「藥方子。」

李傑當然沒藥方子，於是順口胡說藥方子丟了，但他記住了藥物，於是隨口說了一劑中藥。

對於中醫，李傑知道一些針灸的知識，藥材辨認也是他的強項，這可是在回國前專門集訓的，其他方面的知識就很有限了。

「老先生您這藥……」李傑趴在老中醫耳邊嗅了嗅說，「哪裏弄到的？」

「怎麼，有問題？我告訴你，我的藥絕對沒問題！這都是我女婿自己產的！絕對道地！」老中醫吼道。

「您老別生氣，我就是爲了您的藥而來，但不是懷疑您有假，不瞞您說，我從美國來的，是要採購正品藥材，療效好的藥材！」李傑嬉笑著說。

俗話說，伸手不打笑臉人，李傑好聲好氣，一臉笑容、低聲下氣地求人，可這老中醫卻更加地憤怒。

那顫顫巍巍的身子骨幾乎風一吹就倒，可看到李傑，他竟然抄起一杆小秤砸了過來。

「滾出去！你就算有金山銀山我也不賣給你！」老人說著劇烈地咳嗽起來，徒弟們趕緊上前攙扶，幫他順氣。

李傑這可是當了一回冤大頭，怎麼這麼倒楣，遇到這樣的事？

「哎呀，快叫救護車，師父不行了！」

李傑剛想走，一聽這話，知道這會兒走不了了，沒想到魚沒抓到卻弄了滿身腥！

當老中醫暈倒的時候，李傑毫不猶豫地衝了過去，醫生無論如何都應該以救人爲重，不應該想著責任。

老人牙關緊閉、呼吸困難，李傑趴在老人胸口上辨別著心音，此刻沒有時間拿聽診器，他只能用最簡單的方法。

心肌梗塞！李傑覺得自己心臟在那一瞬間都停跳了，急性心肌梗塞病人約有三分之二會在送到醫院之前死亡，這病的死亡率是很高的。

如果這個老人死了，那自己不僅僅要負責任，藥物的管道也理不清了。

因此，李傑必須竭盡全力地救治病人，縮短生病至住院的時間，並在這期間進行積極的治療，挽救這病人的生命。

針對病情嚴重的病人，李傑一般會進行就地搶救，打算等病人情況穩定容許轉送時才轉送醫院繼續治療。

「硝酸甘油一毫克，一百毫升靜脈滴注……」李傑彷彿又進入了手術室，又穿上了白大褂成爲了醫生。

那些學徒們本來對李傑充滿了仇恨，幾乎都要動手打他了，但爲了救師父，他們一時間還沒有反應過來，而且多年來在師父手下幹活已經養成了一種習慣——聽命令的習慣。李傑那種不容置疑的氣度讓他們忘記了仇恨，立刻跑去拿藥。

「準備肌肉注射利多卡因二百毫克！速度快點！」李傑命令道。這是爲了防止心律失常的。

「倒是『回陽救逆』的四逆湯對治療本病有一定療效……」

「不用。中藥來不及了，等救護車吧！」李傑自信地說。

老年人心肌梗塞的機率非常大。讓這群學徒看著師父重病而什麼也不做是非常難的。那個被李傑訓斥的學徒臉上有些掛不住，立刻反駁道：「你那破方法有用，師父教我們的藥物怎麼就不能用？再說了，要不是你這個混蛋，師父怎麼能病倒？」

「來了，果然來了！」李傑心想，他早就知道這群傢伙早晚會找到自己頭上，不過他已經想好了對策，微笑著說：「各位聽我說，我跟你們師父一點小誤會，其實我們是朋友！現在無論怎麼樣都要先救人，其他的以後再說。」

對於救人，李傑還是有把握的，醫生救人乃是天職，飯可以吃滿，但話卻不可以說滿，唯一例外的就是救人。

李傑最擅長的就是看病，對於人能不能活，他可是有絕對的把握！

「如果你們師父有個三長兩短，我以死謝罪！」

李傑話一出口，那些準備揍他的人立刻閉上了嘴巴，多數學徒都覺得這黑皮膚的年輕人很可能是師父的好朋友，那張臉上寫滿了悲傷與真誠，絕對不會騙人的。

很快救護車響著那惱人的警報出現了。李傑幫著護士們把病人抬上了救護車，然後他跟著救護車一起走了。

「唉？你是誰？怎麼上救護車來了！」醫生問。

「你不認識我麼？難怪，我是中華醫科研修院的醫生，來這裏交流的！你們是第三醫院的吧，我正打算去拜訪你們院長！」

醫生一聽，立刻熱情地與李傑攀談握手，中華醫科研修院是什麼地方？那可是全國最高等的醫學院，從那裏來的醫生必定是院長青睞的。

算是遇到貴人了，一定要好好地表現一番。救護車上，人們各懷鬼胎地握著手。

救護車叫嚷著駛向了第三醫院。心肌梗塞的病人只要在發病時得到很好的控制，能夠及時送到醫院，就沒有問題。

此刻，老中醫師父已經脫離了危險，安靜地躺在病床上。這還要多感謝那位醫生，他一心想要在李傑面前賣弄展現一下自己高超的本領。

當然這也是因爲李傑說話的時候太過小心，在救護車上，李傑拍著醫生的肩膀說：「你技術很好啊！可惜有很多東西你沒學會，錯過了學習的機會！如果有機會，可以去我們那裏進修！」

沒有人會放棄進修的機會。拿著工資去學習，然後回來就可以升職，這簡直就是夢想一樣的機會啊！

那醫生自然明白李傑的意思，於是拚了命地表現，甚至連住院費都讓欠著。

老中醫的眾位學徒此刻已經把李傑當成了自己人，李傑口若懸河，很快就跟老中醫這些徒弟們打成了一片。很多學徒們甚至對著李傑叫大哥，有幾個甚至想跟李傑去美國混。

「美國不是那麼好混的，雖然賺錢多，但賺錢爲了什麼？不就是爲了活得高興麼？可是去美國，一個親人也沒有，錢再多又能怎麼高興呢？錢多的生活不一定高興，錢少的生活不一定不高興！」

李傑的話多數人沒聽進去，他們只知道賺錢。這個年代是改革開放最瘋狂的年代，正是下海潮的年代，出國熱的年代。

在和這些小學徒們混熟了以後，李傑終於露出了他真實的面目，他來這裏的主要目的就是詢問藥材方面的事情。

很明顯，這個老人把李傑當成了另外一夥人，而那夥人則跟老人有很大的矛盾，於是李傑很邪惡地從這群未涉世的孩子口中開始套話。

原來這老中醫姓王，王家世代中醫，在這一帶非常有名氣。十幾年前的「文革」時期，他們卻沒落了一段時間，老中醫也被打入牛棚，成了牛鬼蛇神。

在最近幾年，他的情況才漸漸好轉，出來開了一個藥店濟世救人。老中醫非常注重傳統，注重家族傳承，可惜的是膝下只有三個女兒，沒有兒子，他的醫術沒法傳下去。

經過「文革」以後，他才漸漸看開了，把醫術傳給了女婿們。那些女婿也非常孝順，把他的小外孫改了跟母親姓王。

這讓老人高興得合不攏嘴。他的大女婿非常有頭腦，他最早一步看到了藥材市場的商機，最先一步下鄉包山頭種中藥。

在下海進城的大潮中，能有這樣魄力是讓人欽佩的，事實證明，這樣的人才能真正成功。在中藥市場的混亂情況下，擁有醫術的醫生種植的藥材才是真正的藥材。

他根據古代藥方查詢古籍掌握了道地藥材的生產方法，在全國多個省市承包了大片的土地，他所產出的藥材才是真正的道地藥材。

而這些藥材他也只供應給自己的老岳父王老中醫，以及少數的專業藥材廠商。因爲藥物的療效好，他們的藥材比一些人要高很多。

王老中醫的三個女婿在今年都開始從事這個行業，不過三個女婿很聽話，都在老中醫的控制範圍內配製草藥，所有的藥物都需要驗收，如果有不合格的，堅決不允許賣。正是如此，才能保證高品質。

藥材賣得好，很快名聲就傳了出去，一些外來的商人想要合作，其中最迫切的就是那美國來的商人。他們三番五次地上門，表現得很熱情，但是他們的做法不能讓老中醫認同。

他們不在乎藥物的療效，只在乎藥物價格，希望能按照資本主義市場的方法，只在乎利益不在乎其他的，將藥物價格提高，打造包裝成精品藥物賣給有錢人。

王老中醫一輩子都講究醫德，中醫入門第一課上的就是醫德，如果醫德不過關，是不允許學醫的。活了八十歲的老爺子從來沒想過賺大錢，更沒想過囤積居奇換大錢，當然會用秤桿子伺候人！

李傑聽到這裏才明白自己爲什麼被砸！

正在跟小學徒們聊得高興的時候，他聽到了門外一個男人哭喊著跑了進來。

「爸！爸你怎麼了，你醒醒啊！」

天下怪事天天有，今天特別多！都說養兒防老，可兒子不如女婿，看這位王家女婿哭得比兒子還凶呢，這老丈人還沒死呢，這要是死了還得了，那不要哭死麼！

「嘿，哥兒們，別哭了！」

甩了一把鼻涕，那人剛想道謝，突然反應了過來：「你是誰啊？」

「他是師父的朋友啊，二叔您不知道麼？」學徒們嘰嘰喳喳一番訴說之後，那王家二女婿終於明白過來了。

這眼前的黑小子是老人家的客戶，這是見義勇為把老人給送醫院來了！這可得好好謝謝人家。王老中醫的二女婿長得人高馬大，正宗的東北大漢，為人豪爽重感情，他爹死得早，家裏又窮，老丈人對他就跟親爹一樣，老婆又不嫌棄他窮。這傢伙早把王老中醫當成自己的爹，把老婆當成觀音在家供起來了。

李傑救了他老丈人，這王家二女婿恨不得把心掏出來，讓他看看自己是多麼地感激他。東北人喜歡喝酒，李傑雖然喜歡結交這樣的真性情漢子，但現在不是喝酒的時候。

李傑心想，目前最重要的是拿下藥材的合約，今天運氣不錯，碰到這麼一家子人。可見

中國人才濟濟，各行各業均有先行者，自己這個擁有二十年超前經驗的人不一定就比人家強多少。

「大哥，請容許我叫您一聲大哥！說實話，我有事跟您商量！」

「什麼事先乾了這杯，喝完再說！」

李傑知道這酒是躲不了了。於是，一口乾了一杯二鍋頭，覺得心肺燒了起來，趕緊吃兩口菜，壓住這火氣。

「好樣的，我就喜歡你這樣的人，說吧！有什麼事直接說。」

「不瞞您說，我是醫生！但我今天卻要跟您談生意，同樣是藥材的生意！我看好了你們的藥材，我想要高價收購，運到美國去賣！」

「什麼？你跟那些老外一夥的？」

「您誤會了，我可不認識什麼老外！我是中國人。您慢慢聽我說好麼，這樣吧，我聽說家中做主的，除了您，還有另外兩位……」

王家二女婿是三個女婿中最老實的人，老實人也就適合辦實事，不適合在商場上摸爬滾打！所以這家做主的還是大女婿。但這二女婿也不是傻子，他聽出了李傑話裏的意思，於是給大女婿打了個電話。之後，又給王家三女婿打了個電話！

十幾分鐘以後，人終於到齊了，兩位女婿先是匆忙地趕去了醫院，然後又急匆匆地來見李傑。

大女婿姓吳，叫吳傑，五十多歲的人，看起來精明幹練。三女婿姓艾，叫艾東，胖胖的，一副精明的小眼睛不斷地打量著李傑。

「首先合作的根本是，遵從我們岳父王老的意思，這藥物不可能賣得那麼離譜。如果你想入股我們，就算了吧。」

「沒錯。如果你有新的提議，也可以拿出來！」艾東瞇著眼睛，一副賊溜溜的樣子。

「我尋求的是合作，至於如何具體合作還不知道，但是合作之前，我想應該說明一下，我們合作必須要有共同的目的！至於王老先生的見解，我是堅決贊同的，所以你們不必擔心；其次，合作對我們來說是雙贏，經濟方面你們也不要擔心！」

李傑這一句話說得人心裏暖洋洋的，吳傑聽了高興，艾東更高興。這兩個人一個是純粹的頑固派醫生，只求救人，跟王老中醫一樣。另一個則是商人性子，賺錢才是目的。

李傑帶給了他們想要的，同時也帶給了吳傑錢財，帶給了艾東名聲，當然皆大歡喜。

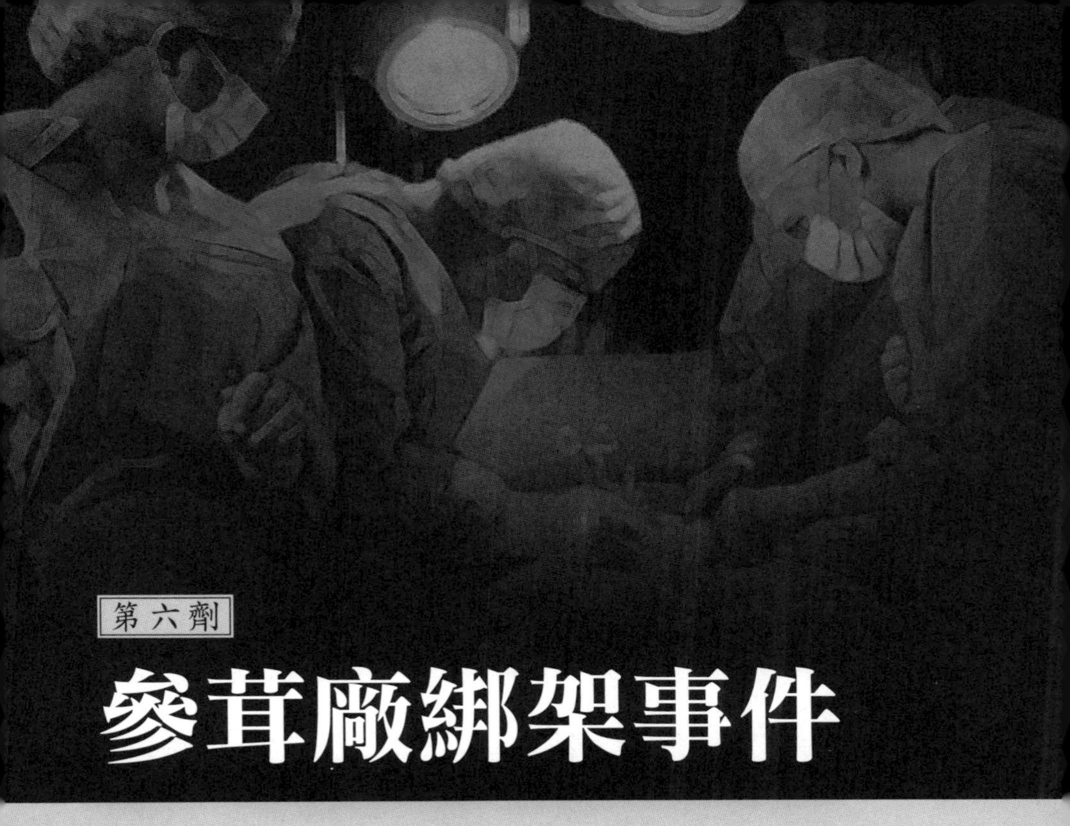

第六劑

# 參茸廠綁架事件

正準備尖叫的于慧仙發現自己嘴巴被堵住了，怎麼也叫不出來。
自己的身體也被抓住了，任憑她怎麼打，那艾東都不放手。
此刻美女在懷中掙扎，艾東淫心大動，
無奈下體受傷疼痛得厲害，再也提不起任何興致。
他本想強迫于慧仙買他的參茸廠，
當他看到于慧仙仇恨的眼神時，他已經知道一切都晚了，
從開始準備鋌而走險的時候就晚了。
一輩子都毀滅了！艾東此刻完全成了野獸，再也不考慮任何事情。
他頭腦只有一個想法，那就是毀滅，要毀滅也要拉一個。

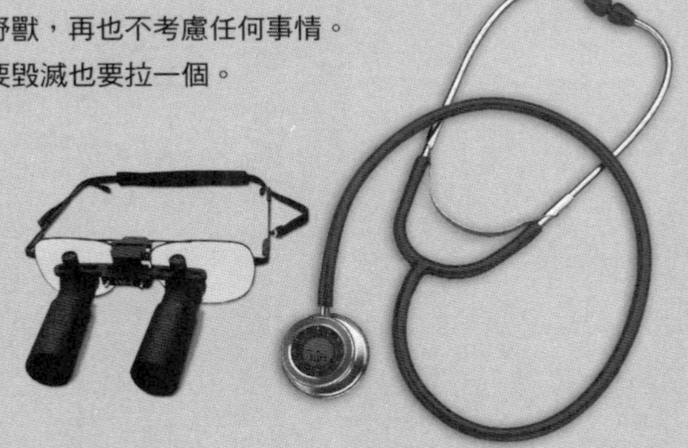

「根據市場分析，近年來，一些農村地區紛紛放棄糧食生產，而是選擇了『短、平、快』的中藥材項目，並把它作爲支柱產業來抓。隨著藥材種植熱的不斷升溫，造成了中藥材總體產量增長嚴重超過需求增長。一些農村地區爲了脫貧致富，盲目種植中藥材，導致低水準重複生產。一方面藥農不斷擴大藥材種植規模，白術、元胡、丹參等藥材產區盲目擴大，影響藥材的品質；另一方面有些藥材由於生長週期長，成本高、產量低、價格高、缺乏市場競爭力，所以藥農生產積極性不高，種植規模不斷萎縮。如『浙八味』之一、質實沉重、有效成分高的杭白芍目前種植面積大量萎縮，且仍有不斷減少的趨勢而面臨滅絕危險。所以我們的機會就來了，你們的藥材是最道地的，也是療效最高的藥材！這樣的東西不能夠浪費，我打算將藥物出口！」

李傑的分析讓眾人面色凝重，最後的決定卻讓人瞠目結舌，出口雖然他們也想過，但出口量很小，而且價格並沒有什麼優勢！賺錢是不可能的，更重要的是王老爺子不會同意，在老人家看來，洋人是壞蛋。

「你們別著急，我還沒有說完，你們不知道現在外國已經發生了變化！我的計畫很簡單，我們將藥材包裝一下，出口以後就百倍地價格上漲。我們可以獲得豐厚的利潤，其他藥農看到我們的豐厚利潤自然也想跟風，但是他們的藥物不合格，在利益的趨使下，他們自然會學習我們。」李傑頓了頓，又繼續說：「我們可以被學習，但永遠也不會被超越。他們學習我們，這樣藥材市場就可以規範，對於國家對於中醫來說也是好事，對於我們來說更是好事，我們可以買他們的藥物賣出去，中間利潤也是很豐厚的！同時，這也符合王老爺子的救人觀點。另外，大家不用擔心藥物不足的問題，我們可以高價賣出中藥，卻可以低價買入西方的成品藥物！」

艾東聽到「高價賣出，低價買入」的時候，兩眼發亮，立刻表示贊同。在他看來，美元才是世界上最漂亮的東西。

吳傑雖然保守，卻不是那種頑固到不知變通的人，他也看出來了，李傑計畫的可行。

首先，中藥這種東西不可能滿足中國十幾億人口的需要，西醫取代中醫成爲最重要的醫療已經是不爭的事實。其次，他們種植的中藥效果好、品質高，但是他們的銷售卻跟一般的藥物是同樣的價格，這讓他們吃虧不少。

如果能像李傑說的那樣以高價賣到美國，那將積累巨大的財富，同時又能帶動其他的藥農，讓藥物市場規範，對於中醫的發展也算是功德一件。

不過他也有擔憂的，中藥都出去了，運回來的西藥太多，中國人習慣了用西藥，那中醫在國內豈不是失去了市場。

同時他也不太相信李傑能夠將藥物以那麼高的價賣到國外去，因爲他曾經嘗試過打開海外市場，但外國人根本不懂得什麼藥材。

當然，他不知道李傑在美國開醫館的事情。李傑在美國的醫館走的是上層路線，要的就是超高的療效，賣的就是天價！

美國有錢人很多，他們願意爲健康花費大價錢買時尚產品，當然也願意花大價錢買健康品。

另外，有錢人畢竟是少數，李傑的醫館也沒有遍佈美國所有的地方，好藥材雖然不多，但卻沒有那麼少，根本就不會造成國內藥材緊缺的狀況。

李傑將這些跟他們說明了以後，又再次說了金錢的重要，有了美元就可以進口最先進的設備，雇用最好的科研人員來幫助國內醫療的發展。同時最重要的是，讓中醫走向世界！讓中國人得到更好的醫療條件。

吳傑沒有反駁，因爲這計畫實在無可挑剔，本來他還有些擔心怎麼說服岳父，但現在他不害怕了！因爲這麼做可以讓中醫走向世界！讓中國人得到更好的醫療條件，這無論是誰都無法反對！

中國似乎在對外貿易中總是吃虧，李傑忘不了那多如牛毛的反傾銷案，忘不了那外資公司欺壓中國員工。

所以，在中醫館定價的時候，李傑充分發揮了主人翁的權力，他訂了一個超高的價格，高到美國中產階層都覺得有些吃不消的價格！

同時李傑又充分利用身邊的資源，利用艾蜜麗這個身分高貴的歐洲人！

美國白人都是歐洲人的後裔。如果真正比起時尚比起高貴典雅，他們還是羨慕歐洲人的，看看英國皇室的新聞在美國多受歡迎就知道。

艾蜜麗成爲了李傑中醫館在美國的代言人，美國上流社會的富商們對此趨之若鶩，紛紛湧入中醫館，彷彿不去中醫館保養一下就會丟了身分一樣。

不過，這些中醫也的確爭氣，不愧爲胡澈他們介紹來的。他們專門診治疑難雜症，很多美國高科技不能治療的病，中醫卻很容易治好。

中醫在很多方面的確是不能取代的，但有很多方面也的確不如西醫，因此揚長避短成了關鍵，而如何讓這幾千年來基本處於衰退狀態的中醫再次發展則是關鍵的關鍵。

王老先生醒來的時候，差點又一次暈過去，因爲他第一眼看到的就是那張笑瞇瞇的黑臉。如果不是李傑臉皮夠厚，面對著唾沫橫飛的老人解釋一番，恐怕又會使他心肌梗塞。

在李傑一番解釋以後，老人有些不敢相信：「你說的是真的？」

「當然是真的，我還想請您去當教授呢！」李傑一頂高帽子扣上去，立刻哄得老人眉開眼笑。

直到此刻，李傑才真正鬆了一口氣。總算說服了這群傢伙，下一步就是真正的生意了。現實跟理想總是差距很遙遠，即使是最友好的朋友，也要算清楚兩個人之間的賬目。用中國那句老話來說，就是親兄弟，明算賬。

雙方的合作都要有共同的目的，崇高的理想摻入了金錢，也要弄一紙合同，擬出詳細的規範來。否則，那崇高的共同目的將會破裂，而朋友則會變成仇人。

王老中醫是急性子，病沒好就要求商討具體事宜，生怕李傑半路跑掉。李傑也想早點弄完這些事情，他還要回到紅星醫院去處理與英達利醫院的合作事宜。

老人還在住院，活動不方便，所以這會議也就在老人的病房中舉行。最開始的時候，李傑再次說出了合作的利益以及合作的強烈願望，然後提出了關於合作的計畫。

「我們成立合資公司，我參加百分之四十九的股份！你們依然掌控多數的百分之五十一的股份！銷售管道、品質把關都由我來處理！你們負責生產。」

「合資？爲什麼合資呢？我們可以直接賣給你東西啊，不一樣麼？」王老中醫的三女婿艾東說。

很顯然，他是害怕這塊蛋糕被李傑吞掉。當然，李傑沒有這個意思，合資公司好處很多，但他最主要的目的是要把生產員控制在自己手裏。誰知道哪天這夥人異想天開地把藥物價格提高百倍，那吃虧的就是自己了。

而且這藥物能漲價賣，全靠李傑的功勞。這原材料一定要自己掌握，否則不是給自己找麻煩麼。

當然，這些李傑都不會說，他只是看了一眼眾人緩緩地道：「很簡單，不合資，你們的東西肯定無法通過美國的檢查，要知道不僅僅是美國，其他任何國家都是，他們不承認中藥，他們對於醫藥產品的檢查非常嚴格，沒有我們，你們無法將這批藥賣到美國！同時，沒有我們的收購，你們也無法打開美國，甚至全球市場！最重要的是，我們的合資將會是雙贏，我會提供給你們資金，擴大生產，提供設備在國內進行初級的材料分揀，簡單的包裝等等。我保證你們獲得的利益將是往年的一倍還不止！」

李傑說話猶如慷慨激昂的演講，讓人聽了感覺熱血沸騰，恨不得立刻與他簽約合作。可商人的頭腦告訴他們，不能這麼激動。

吳傑，這個王老中醫的大女婿是他們中的佼佼者，也正是他看到了中藥的這個市場，果斷地開展中藥種植，才有了今天的這份家業。所以，李傑說服他才是關鍵，說服了他點頭，

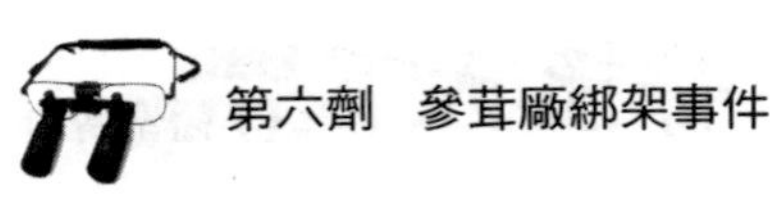

其他人反對也就沒有用了。

「利益不能只看眼前，我們都是懂藥的人，你知道我們擁有的藥材基地不是表面上那麼點價值，中國傳下來的藥材地現在沒有多少種藥材的了。古藥方上的那些藥也只有用這些藥材才能夠真正發揮療效！而這些藥材掌握在我們手中。我相信有識之士不會是你一個，所以我想你不能只看到你的優勢，而忽視了我們的價值，合資公司我同意，但你最多可以拿百分之四十的股份。另外還有一個要求，我們這裏有很多學徒，你必須安排我們的學徒去你所說的美國醫館，這對你也有好處，這些學徒雖然年輕，卻也學了七八年中醫了，想必也能幫上忙，不會白吃白喝。」

在吳傑看來，這個世紀什麼最貴？人才啊！

誰見過厲害中醫還要會英文？還要用英文寫論文？

中醫傳統式師父帶徒弟，徒弟學個十年以上也就出師了，可以真正看病救人了。在李傑的那個年代，肯跟著中醫當學徒的人不多，這一下能撿到這麼多寶貝人才，李傑可不會放過，更何況是送上門來的，現在他已經在想，是不是要簽霸王勞工合同把他們留住了。

最後雙方達成的協定是：李傑掌控百分之四十五的股份，至於資金投入，則還要細細研究一番。

雙方的這個會議開了兩個多小時才結束，會議的主角之一——王老中醫已經被沉悶的會議弄睡著了，而李傑跟王老中醫的女婿們也是疲憊不堪，擬了一份初步的合同之後就各自回去了。

李傑天生勞累的命運，只有回到床上才能休息一會兒，這時也是他過得最舒服的時候。這一天過得很是順利，不過簽約卻沒有那麼簡單，李傑還需要去視察一番才行，然後才能決定投資的金額幅度。

躺在床上看了一會兒王老中醫女婿吳傑提供的他們的詳細資料，李傑沒一會兒就被催眠了。睡夢中，他見到了很多老朋友，並不是這一世的朋友，是李文育交下的眾多朋友！不過，那朋友的相貌卻大多模糊了，模糊得讓他幾乎無法辨認。

當李傑尖叫著爬起來的時候，天已經大亮，這一覺竟然睡到了第二天早晨。難道是太疲勞了？想想又不對，自己的身體一向很健康，就算疲勞也沒有一下子睡十幾個小時的道理。

他感覺似乎什麼地方出了問題，但又不能真正肯定。揉著腦袋走出房間的時候，李傑又去找了一趟吳傑，繼續商量關於合作的事宜。

李傑是一個二十多歲的年輕人，可實際上心理年齡卻超過了三十幾歲，他不是那種小孩

的性子，更不是小孩的智商。

這次談判的只有吳傑一個人，兩個人隨便找了一個茶館就開始做最後的談判。

「其實我們可以立刻簽約！所有的一切都按照合同上寫的來執行，你不必疑慮！」

「我打算做一次核查，國內似乎沒有精算公司，我決定聘請國外一起對資產做評估。」

吳傑臉上微微有些變色，但很快就恢復了正常，他明白李傑不是懷疑他的人品。朋友相交是一回事，生意又是另外的一回事。

「我沒意見，資產的重組總是需要一些時間，其他的可以先辦了！我岳丈大人已經不打算繼續行醫了，他的學徒們按照合約，你需要給他們一份工作合同！」

李傑對於人才當然是歡迎，對他來說，安排這些人只有好處沒壞處，醫院中最值錢的是人才，一個頂級醫生的價值根本無法估量！

當然這些小學徒還都是稚嫩的，可是李傑相信，很快他們就會成爲獨當一面的高手。因爲他將給這些粉嫩的新人很多學習機會！

以前都是外國人喜歡把東西拿到中國試用！今天，就讓中國小醫生去拿美國富翁練手！

李傑自認沒有那雙慧眼，對於中藥他不過一知半解，可是不知道怎麼的，他就是想要去看看王家女婿們的藥材。

美國的中醫館走的是上層路線，完全是奢侈消費，這些人說出身分，一個比一個嚇人，全是什麼富翁政要。

當然，他們能這麼追捧中醫館還是艾蜜麗的功勞，美國人對於歐洲的皇室成員有著中國人對於明星一般的崇拜。

他們瘋狂追尋那些皇室成員的腳步，艾蜜麗就是中醫館的活廣告，彷彿她的年輕漂亮都是因爲中醫的原因。

于若然似乎也喜歡上了外面的世界，她絕口不提回國的事情，而大肥賊安德魯是鐵了心要把于若然搶走。

李傑當然明白于若然的心意，可是他就不敢面對。不知道爲什麼，曾經的花花公子卻多了很多的顧慮。

三個月的時間，李傑給自己訂了三個月的時間來整合這種藥材基地，然後他就要回到紅星醫院，英達利方面已經派出了技術支持，而自己這一方也要履行合約。

另外，李傑還有一個願望，那就是把石清娶回家，她帶領那些人研究藥物讓李傑心疼不已，他覺得女人是不應該跟那些化學物品打交道的。

首站李傑要去的就是湖北。湖北是中國開發較早的省份之一，距今四五千年前已有陶器製作和水稻種植；汛期漫水常淹的江漢平原成爲主要農業區，曾經流行「湖廣熟，天下足」的民諺。

湖北省正處於中國地勢第二級階梯向第三級階梯的過渡地帶。地貌類型多樣，山地、丘陵、崗地和平原兼備。他們去的第二站是東北。

長白山脈在東南部連綿起伏，一直延伸至朝鮮半島。白頭山海拔二千七百多米，是中國東北部最高山峰。東北三寶——人參、鹿茸和烏拉草都出產自這兒。

人參是名貴補藥，東北地區的人參則爲最佳，久服健身延年。

雄鹿的嫩角沒有長成硬骨時，帶茸毛，含血液，叫做鹿茸，也是一種貴重的中藥，用作滋補強壯劑，對虛弱、神經衰弱等有療效。

作爲中醫藥招牌的參茸是李傑最爲關注的重中之重，而吳傑也是非常看重東北的幾個養鹿廠以及人參廠，爲此，他特意打算把這重要的地方交給了艾東打理。

艾東是一個精明的商人，甚至他的婚姻都跟利益有著直接的關係。他看不起吳傑，更討厭他的岳父王老中醫。

改革開放已經十年了，社會進入了新時代，那種古舊的傳統思想只能讓自己變得越來越窮。艾東瞇著眼睛，看著手中的資料，他下定了決心跟王家分道揚鑣。

讓那臭婆娘見鬼去吧，這裏是我辛辛苦苦創下的基業，憑什麼李傑那小子一番話就可以把它弄走！還什麼股份占多數，股份占多數，市場完全掌握在人家手裏，還不是被人掐著脖子。

艾東已經決定了，他要將東北這院子偷偷賣掉，然後拿著錢離開。雖然他鐵了心地想離婚，可是那悍婦又要分他一半的財產，他忍辱偷生了這麼多年，辛辛苦苦創造了這麼大的家業，又怎麼忍心？

他要拋棄妻子，偷偷地賣掉這份家業，然後移民到美國去！出國對於這個年代的人來說，那就是夢想，美國就是天堂。

在美國，可以擁有無盡的物質享受，有錢可以再找一個妻子，甚至是一個美女，再也不用忍受這份氣。

「老闆，他們人來了！他們可真有錢啊，那車都是沒見過的外國進口牌子！你可要賣個好價錢啊！」

「你沒長腦子麼，我怎麼告訴你們的！都給我老老實實地閉嘴，誰要是走漏了消息，我要他的命！」

艾東瞪了一眼那傳話的人，氣沖沖地離開了，他這次賣東西可是偷偷賣的，如果事先走漏了消息，那就玩不轉了。

這年代中國人還是很保守的，外國貨還沒有充斥中國市場。甚至名車都很少見，而在這個小山村裏卻停了很多外國的進口名車。

黑衣墨鏡的保鏢打開車門，車的主人踩著高跟鞋走了出來。艾東不認識這美女身上的那身名牌服裝，也不知道她身上噴灑的是什麼香水。可是他知道，這女人就算是自己賣血也養不起的。

「不知道哪個男人包養了這個女人！」艾東滿腦子的齷齪想法。美麗的女人必然大胸無腦，這就是他的想法。

女人鄙夷地看了艾東一眼，她對艾東那種眼神很熟悉，也知道這傢伙想的是什麼。他不是第一個也不是最後一個，幾乎所有的男人見到她，第一印象就是色，然後就想她到底是誰包養的。

于慧仙有著讓所有女人嫉妒的外貌。有著讓人羡慕的家世，同時也有著過人的頭腦。她的自尊心很強，不喜歡別人以外貌評論她，她最自豪的是智慧，從一年前開始，她就在爲家族的勢力拚搏。

「這位是于家的小姐，收購你們鹿場與人參廠的事情就由她來處理。」艾東聽到介紹的時候，差點沒有暈倒，但很快就擺出一副正常的樣子，心裏卻在暗暗感歎，美貌智慧與財富盡在眼前，如果能把她搞到手，那可是少奮鬥三百年啊！

「你好，我是艾東！很高興見到你！」

于慧仙很討厭艾東，根本不屑於與他握手，逕自走了進去，留下艾東一個人暗暗咬牙切齒。當然，聰明如于慧仙這樣的女人也明白小人不能得罪的道理，可是她卻實在討厭這個胖子，這個小人能夠讓她吃虧的無非是在收購價格上做手腳，她也不在乎。就算被算計，也不過那麼點錢，她不在乎，一個LV包包的價格而已。

「這養鹿廠擁有上萬頭鹿，鹿茸是雄鹿從第二年開始生產，一般從第三年開始鋸茸，每次將茸鋸下，給鹿的傷口敷『七厘散』或『玉真散』，再貼上油紙，放回鹿舍。鋸下之茸內含許多血液，必須立即加工，久則腐敗。我們這裏還配有加工人員，都是老手。弄好的鹿茸品質絕對保證不會浪費……」

艾東跟在于慧仙的後面，滔滔不絕地介紹著，于慧仙身上的香水味道讓艾東心醉神迷，差點鼻血都流了出來。

「好了，這裏還不錯，你們人參培植基地怎麼樣？」于慧仙不耐煩道，她非常討厭艾東。雖然這樣的人她見過不少，但卻從來沒有這麼討厭過一個人。

「那你跟我來，人參廠不在這邊……」

李傑走了大約一個月路程，這一個月李傑也黑了很多。

他每天都在山裏到處亂跑，記錄藥材，視察情況！如果累了，他就會跟著同行的攝影師學習拍攝的技巧，這一路上，或許最大的收獲就是這些照片了。

從前他對於攝影不是很有興趣，因為醫生沒有休假，也就沒有旅遊的時間！所以名山大川他未曾遊覽過萬一。

此時的他一半是在工作，一半是在遊山玩水，因此路途也就慢了一點，不過這些都是值得的。因為他堅信手中近萬張的照片會給他帶來數不清的利潤，只要這些照片掛到中醫館中，那就是活廣告。

現在他要去北方最重要的參茸基地。中醫以參茸聞名，這東西需求量大，也是最主要的藥材之一。沒有好的參茸，那麼其他的中藥再好也沒有用。

向北走的這一路，李傑穿T恤，覺得有點冷。山裏的溫度普遍要比城裏低一點。

「過了山海關就到了東北了，這裏遍地黃金！」吳傑感歎說。

「沒錯，黑土地孕育出來的都是寶物，希望你們的參茸廠都是最頂尖的寶物！」李傑玩笑著。

在兩個人的笑聲中，火車呼嘯著駛向遠方，然而兩個人卻不知道，他們的參茸廠已經被艾東偷偷以高價賣給了別人。

于家從清代起就是富商，他們的祖上曾經是有名的愛國商人，可是也沒有逃過十年浩劫，從那兒以後，他們家道中落了。可是在最近十年，於家這個家族，在于志國的拚搏下，十年間他們又奇跡般復活了。

他們家曾經的人脈起了重要的作用，另一方面的原因是政府對他們家的補償。可最重要的還是于志國的聰明才智讓于家重新崛起。

崛起的代價就是他的一身疾病，年紀不過五十歲左右的他身體就不行了，家中大大小小的事情都交給了女兒管理。

其實，于志國是一個很傳統的人，他一直希望能有一個兒子來繼承家業！可是他卻偏偏只有一個女兒。

雖然女兒不錯，可女人畢竟在很多方面比男人都有劣勢，他不能不擔心。

此刻，于慧仙正在忙著清點賬務，她收購這個參茸廠的事已經進入尾聲，只需要再清點

一下賬務就可以完成收購。

其實于家的生意本來跟醫藥是無關的，但她敏銳的嗅覺卻發現了其中的商機。她不過是偶然聽說參茸廠的事情，於是她想到了其中的商機。

能有多大的發展她不知道，可是她卻能保證不虧錢，最差也能將這些東西轉手賣掉。

「這賬目絕對沒有錯，不用擔心！」老會計很不滿意別人對他的不信任，氣呼呼地說。

「正確不正確也要看了才知道！這是生意，不是遊戲！」于慧仙笑道。

老會計氣得一甩袖子走了，于慧仙卻不在乎地繼續看賬目。不一會兒她又聽到了腳步聲，抬頭一看，竟然是那個胖子艾東，他滿頭大汗地跑了進來。

「姑奶奶你快點吧！今天必須決定，如果想好了，明天交易，否則我就不賣了！」

「為什麼？你逼我也沒有用，我想，沒有人會買你的這個參茸廠吧！而且我給你的價格也不低。」于慧仙也不抬頭，繼續算著她的賬目。

艾東這個氣啊，他剛得到了消息，李傑和吳傑後天就能到這裏。如果被發現他私自賣參茸廠，那他是吃不了兜著走，可是眼前的這個女人卻又不急不慢的，讓他氣惱不已。

「行了，不用查賬目了，這裏一共隱藏了三萬多點的壞賬，我會把正確的帳本給你的！這樣總行了吧，我要出國了，我老婆在國外病了，等著治病的錢呢！」艾東裝出一副可憐的樣子說。

于慧仙美麗的眼睛看了看艾東，嘴角翹起一個不易察覺的弧度，輕輕地說：「我記得你是沒結婚的麼？什麼時候又有老婆了？」

「啊？我，我結婚了，我不過是開玩笑的。」幻想癩蛤蟆吃天鵝肉，艾東總想接近女人，經常會對美女說自己沒有老婆，以示自己是鑽石王老五。可他一著急生意，卻忘了他管用的泡妞手段在眼前這個貌似女神的人面前使出過。

冰雪聰明的于慧仙已經知道這個胖子不是什麼老實人，恐怕其中有很多麻煩，越是著急賣給她的東西，就越有問題。

「先等等吧！明天給你答案好麼？」于慧仙說完就往外走！

「你給我站住！別想走！」艾東突然意識到自己上當了，一把抓住于慧仙，雙眼露出野獸一樣的光芒。

陳富貴在養鹿廠幹了幾年了，對這廠很熟悉，包括廠長艾東的家務事。

那窩囊的胖子廠長是一個畏妻如虎的男人，妻子一聲令下，刀山也上得，火海也下得。可就是這麼一個窩囊的人竟然要賣廠子，雖然不知道具體的情況，但陳富貴卻也猜出了幾分，這胖子廠長是要偷偷賣廠子。

淒冷的秋風吹過，陳富貴搓了搓手，不由得想起于慧仙那驚人的美貌來。

「那小姑娘嫩得掐一把都能捏出水來，可便宜了那個胖子艾東，有錢又怎麼的？老子今晚幹了這一票，老子也有錢！」陳富貴想起艾東那油膩膩的臉就噁心。

他使勁地吐了一口唾液，然後掏出懷中的高粱酒猛地灌了幾口給自己壯膽子，趁著黑夜摸進了鹿場。

鹿茸的切割時間都是有規定的，並不是隨便可以切割的，可陳富貴不管，廠子讓艾東偷偷賣掉，肯定會出現混亂，現在偷點鹿茸根本沒有人會發現。

在他悄悄摸進鹿場的時候，突然聽到一陣殺豬般的叫聲，嚇得陳富貴一陣哆嗦。

接著，微弱燈光下，他看到于慧仙跑了出來，後面跟著一瘸一拐的男人，那正是艾東。

原來艾東惱羞成怒準備用強，卻不知道這于慧仙練過女子防身術，隨即就是一腳，直接擊中要害。

艾東本來就是想嚇唬嚇唬于慧仙，並沒有想把她怎麼樣。誰知道這一腳踢得他七葷八素，好不容易才緩過來，那女人卻跑了出去。

他雖然生性懦弱，然而發起狠來卻不遜於那些兇狠的歹徒，他立刻忍著痛追了出去。

于慧仙雖然練習過很多防身術，可什麼時候想到自己真正會遇到歹徒？此刻她害怕得早已經把那些東西都忘記了。

平時的淑女生活早讓于慧仙習慣了，此刻逃命的她完全忘記了尖叫，同時她的高跟鞋在這農村的土地上成爲了累贅，沒跑幾步就折斷了鞋跟，然後，她尖叫一聲跌倒。

艾東扭著肥胖的身軀追了上來，一隻手抓住于慧仙，準備動手打人，卻突然發現于慧仙要尖叫，於是又把那肥膩膩的鹹豬手伸向她的嘴巴。

此刻美女在懷中掙扎，艾東淫心大動，無奈下體疼痛得厲害，再也提不起任何興致。

他本想強迫于慧仙買他的參茸廠，當他看到于慧仙仇恨的眼神時，他已經知道一切都晚了，從開始準備鋌而走險的時候就晚了。

一輩子都毀滅了！艾東此刻完全成了野獸，再也不考慮任何事情。他頭腦只有一個想法，那就是毀滅，要毀滅也要拉一個。

第七劑

# 森林裏的毒果子

「把你的果子扔過來！要不我就殺掉她！」
「好，好，你什麼都要，給你給你！」李傑說著，
將果子扔過去的同時還不忘在懷裏放幾個。
艾東不由得鄙夷李傑。他撿起個野果，擦也不擦就扔進嘴裏。
那果子入口酸澀，可餓極了，他也就不管了。
他一連吃了十幾個，當他正準備再吃一個的時候，
卻突然感覺手指失去了感覺，嘴巴也失去了感覺。
此刻他才突然想起，嘴巴早已經感覺不到味道了，
剛才吃最後幾個果子的時候，已經感覺不到酸澀。

東方泛白的時候，李傑坐在顛簸的汽車上迷迷糊糊地睡著，突然一陣猛烈的顛簸，直把他昨天的隔夜飯也顛了出來。

「下車，出事了！」吳傑推了一把李傑，然後立刻跑了下去。

李傑還沒弄明白怎麼回事，聽到出事了，也清醒了幾分。當他出去的時候，發現的確出事了。

參茸廠的鹿全死了，而且到處是血跡，十幾個人被捆住，其中幾個很明顯受了重傷，另外幾個人拿著棍棒正在守著。

那幾個被捆起來的人正是參茸廠的工人，而那幾個拿著武器看守的人則是于慧仙的保鏢。

昨天夜裏，艾東劫持了于慧仙跑了出去，當保鏢發現的時候已經晚了，刀就架在她脖子上，他們怎麼也不敢上。

艾東也是個人才，他大喊幾句說，于慧仙的人是強盜，大家快點反擊，他們要殺人搶錢！

參茸廠的人真有幾個老實的，笨到真的拿武器出來反抗，結果都被捆了起來。一些聰明的人如陳富貴正在偷偷割鹿茸，結果也被那夥保鏢抓住一頓毒打，然後捆了起來防止鬧事。

保鏢一共來了二十幾個，其中的幾個留在這裏守著，而另外的人則跟著進山營救于慧仙去了。

看到自己的人被捆了起來，吳傑立刻上去理論，無奈秀才遇到兵有理說不清，那群傢伙差點把他也綁了起來。

李傑一看氣氛不對，趕緊跑過去：「慢點慢點！你們幹什麼的，動用私刑，非法拘禁他人都是犯罪。知道麼？我可以讓你們坐牢坐個十年八年的都沒問題！」

保鏢們都不是什麼懂法律的人，但看李傑說得一本正經，也動搖了，但又不想放人。

「你是幹什麼的？他們抓了我們的人，而且還要攻擊我們，你知道什麼叫正當防衛麼？我們的小姐現在還在他們的手裏，他們什麼時候放人，我就什麼時候放人！」

李傑看了吳傑一眼，吳傑也很無奈，他也不知道發生了什麼事。不過他卻知道自己的人被綁了，而且自己家的養鹿廠被毀壞了。

這筆賬他自然算在了對方的頭上，吳傑這個人雖然不錯，可他卻也不是任人欺負的主。

李傑看到吳傑要發怒，趕緊衝上前攔住他，衝動是魔鬼！這事沒有表面看上去的那麼簡單，如果這夥人是強盜，沒有必要這麼大膽，而且也沒有見過開著賓士來搶劫小破養鹿廠的。

「吳老哥救救我們啊！不關我們的事啊！是艾東他這個天殺的幹的，他見人家姑娘漂亮就起了色心……」陳富貴哭喪著臉求救。

誰知道他不說還好，他話一出口，那幾個保鏢臉上立刻泛起怒火。于慧仙在他們眼中猶如女神一般聖潔，這保鏢都是二十幾歲的青年，幾乎沒有不喜歡于慧仙的！

夢中情人在自己的保護下被人劫走，這幾個青年本來就惱怒不已，再想到被一個猥瑣的胖男人抓去……

他們再也抑制不住怒火，當下陳富貴就挨了幾腳，踹得他一陣嚎叫。不過，李傑卻沒拉著，因爲這幾個保鏢從他的懷裏踹出來幾個折斷的鹿茸。

吳傑看到鹿茸才悔悟過來，事情沒那麼簡單，有著這麼多保鏢的小姐來這裏幹什麼？艾東爲什麼又要劫持人家，他雖不富裕卻也不窮困，眼下又要跟李傑合作，錢會越來越多的。

「行了，都讓開吧！現在最重要的是救人，首先要救的是這幾個受傷的，然後再去救你們小姐！」

「憑什麼？他們罪有應得，如果我們小姐有個三長兩短，他們全都得陪葬！」

「那你們也都要給他們陪葬，讓開，我保證你們小姐沒事！那胖子身體虛著呢，跑不遠，現在說不定已經被你們的人抓住了！」

李傑那種不容質疑的氣度真唬住了這些人。陳富貴最聰明，聽到了李傑的話，立刻開始裝作受傷很嚴重的樣子。

「哎呀，我不行了！疼死我了，我要死了！」

這弄得這些人還真以爲他很嚴重一樣。這些保鏢也都是年輕人，現在看一看這些受傷的人的確很嚴重。那滿地的鮮血，橫七豎八躺在地上的人，一個個都是進氣少呼氣多的樣子。特別是那陳富貴滿臉的鮮血，看起來十分恐怖。這種情形讓他們讓步了。

「救救我，先救我！」陳富貴拉著李傑的褲腳，一副可憐的樣子，任誰看了都會覺得於心不忍。

「你等兩個小時再搶救也不遲，不要著急！」李傑繞過陳富貴，向那幾個昏迷的人走過去。

他們受傷的時間不長卻也不短。醫生最討厭的病人應該就是這種昏迷不醒的了，因爲沒有辦法檢測到底是什麼病，檢測需要很多儀器。

李傑醫術高明，但卻沒到神奇的地步，眼前的情況他也不好處理！只能進行簡單的急救。

「準備送醫院！」李傑轉過身說，「你們開車送他們去，必須要快，否則這些人有可能永遠也醒不過來了！」

「開車送他們去？開什麼玩笑！」其中一個保鏢不屑道，「你知道我們車多少錢麼？是他們坐得起的麼？」

「我知道他們死了，你的命賠不起，給我滾開！不想償命的就開車送他們去！」李傑冷冷地說。

他最恨這種有錢就自以爲是的人，而眼前的這個傢伙分明狗仗人勢，比那些有錢的還不如。

年輕人好衝動，可都不是傻瓜，他們看到李傑給病人做的檢查，就知道他是醫生。醫生的診斷應該不會錯，而且那幾個人看上去的確傷得很重，當下就有幾個動搖的。

「快去，我們上山營救你們的小姐去！」

保鏢們一聽營救小姐，立刻都來了精神，這些人都是于慧仙的愛慕者，恨不得在她面前多表現一些，可苦於沒有機會。

眼下有機會去表現當然沒有誰會放過，各個爭先恐後，卻沒有人去開車了。最後他們幾個商量後，出來兩個人送人去醫院。

其他的人則跟著李傑等人順著艾東留下的痕跡追了過去！

越往森林深處越是人跡罕至的地方，那裏雜草叢生，野獸出沒。普通人不帶著開山刀與獵槍是不會來這裏的。

艾東已經瘋狂了，他知道這山裏有很多的狼和熊，可是他顧不得那麼多了。懷裏摟著個人質不斷掙扎試圖逃跑，他的胳膊上不知道有多少牙印了，每一次都痛徹心扉，每一次他都要好好地教訓不聽話的人質。

身後還有追兵，已經遠遠地跟著他很久了，怎麼甩也甩不掉。艾東知道自己這一輩子就算完了。不過為了那點錢，就這麼完了。

于慧仙生於富貴人家，什麼時候受過這樣的苦？她的衣服被劃破了，裸露出白若凝脂的皮膚，高跟鞋早已經丟了，雙腳不知道被石頭劃出多少條傷口。

「你放過我吧，要多少錢都可以，我父親會答應你的！」于慧仙懇求道。她本來看不起這個胖子，可此刻卻真正害怕了。

「放過你？放過你我怎麼辦？我要錢幹什麼？你早早的合作不就沒事了麼？現在我什麼都沒有了，你也別想好！要死就一起死！」艾東喘著粗氣說。

「你不為自己也要想想你的孩子，想想你的家庭啊！你這麼做值得麼？」

「孩子？我沒有！家庭？要不是為了家庭，我能這麼窩囊麼？我為的就是離開這個家，離開這裏！現在好了，都沒了，所以我要死了，你就要跟我一起死。說真的，你這麼漂亮，我還真捨不得呢！」艾東淫笑道。

蕭瑟的秋風吹過，讓這秋天多了一絲的寒意。于慧仙覺得心都冷了！強者與弱者有的時候界限很模糊，在談生意的時候，她還是強者，可以瞧不起這個猥瑣的胖子，甚至不屑於與他握手。可現在，自己的命掌握在人家的手中。

她多麼期望救援的隊伍能快點找到她啊！不過，顯然這很困難。這個胖子艾東是獵戶出身，在逃跑的路上，他布下了很多迷惑追蹤者的痕跡。

李傑他們是最後一批出發的追蹤者，可是他們現在卻跟第一批追蹤者會合了，因爲那批追蹤者走錯了路，被艾東留下的假像迷惑了。

「真是該死，也不知道小姐怎麼樣了！」

「唉，小姐身手不錯的，怎麼會失手被擒呢？真是怪我們保護得不好啊！」

李傑聽著這群男人的內疚，感覺渾身起雞皮疙瘩，現在說那麼多有什麼用，還不如做點實事。

此刻李傑並不比他們好受多少，他內心更是混亂。這參茸廠本來已經是他的囊中之物了，誰知道節外生枝竟然又出現了一個買家。

更可怕的是，這個賣家竟然還上演了一齣綁架的好戲。他不希望看到有人死亡，如果是那樣，恐怕事情會鬧得很大，弄不好養殖場都要關閉。

到時候吃虧的還是他，廣告已經打出去了，銷售訂單已經發出去了，如果最受重視的參茸出問題，那損失無疑是無法彌補的。

他的中醫館在美國將再也開不下去了。美國人重信用，如果第一批產品不好，以後無論如何也無法彌補了。

艾東曾經是獵戶，他熟悉森林，可是他畢竟帶著一個女人！而且還是一個會點防身術的女子，一路上他走不快。

特別是到了人跡罕至的森林深處，他需要用開山刀砍斷樹枝，這樣一來，他走路很慢，而留下的痕跡卻再也隱藏不了。

現在李傑等人很容易就找了正確的路，大家興奮起來，甚至有幾個人激動地嚎叫著。

然而樂觀的是少數，大家都知道，見到艾東，如何說服他不傷害人質才是最重要的。

李傑沒有把握，他又不是心理學醫生。至於心理學，他唯一的研究就是如何大把贏錢！說服罪犯那可是談判專家幹的活兒！

鞋子踩到覆滿樹葉的土地上，軟軟的，感覺很舒服。這季節，樹林中的各種野果都熟透了，空氣中混雜著野果的芬芳，讓人精神氣爽。

如果沒綁架的事，這天氣還真是一個旅行的好日子，可惜現在大家都在忙著追趕艾東，卻沒有人欣賞這美麗的風景。

李傑本來走在最前頭，一副急匆匆的樣子，可他越走越慢，最後竟然走到了隊伍的末尾。

一路上他不是摘去一朵花，就是撿一個熟透的掉在地上的果子。最後，李傑乾脆在樹下停了下來，觀察了一番，然後爬了上去！

隨行的人有些惱怒，他們是來救人的，可不是來遊山玩水的，可這個黑皮膚的小子竟然興致高昂地爬樹摘果子去了。

那些于慧仙的保鏢們本來就討厭李傑這夥人，這會兒更加無法忍受李傑的行爲，他們乾脆不等李傑，直接追了上去。

「李傑，你幹什麼呢？快點下來！」吳傑有些著急，他在知道了事情的來龍去脈以後，最想做的就是化解這段怨恨。多年來的摸爬滾打使他知道多一個朋友比多一個敵人要好得多。特別是，強大的敵人最好不要樹立的好。

于家的實力吳傑還是聽說過的，這家人現在已經不可能成爲朋友了，雖然艾東闖的禍跟自己沒關係，但畢竟是在自家的地盤上。他現在只求能化解這恩怨，不要成爲敵人就好。

「唉！好了，這果子你接著！」李傑說著，把用衣服包著的水果扔了下去，那是很多綠油油的果子，另外還有些紅撲撲的熟透了的果子。

「你弄這個幹什麼？誰還有閒心吃東西啊！」吳傑不悅道。

「嘿嘿，沒辦法。快走吧！」

艾東擔驚受怕，又勞累過度，有些精神恍惚，可又餓得難受，而且還不能睡覺。那于慧仙似乎有驚人的潛力，每次艾東想對她做點什麼，卻總是能激發出她的潛力，不是一腳就是一記勾拳。打得他七葷八素，東倒西歪。

也多虧了艾東身體夠胖、夠強壯，能夠頂住，他最後總是能用蠻力制服暴力美女，才沒有讓她逃掉。

兩個人鬧了一會兒，也都迷迷糊糊的，累了一天，害怕了一天，即使是在這冷風習習的山中，也不禁瞌睡了起來。

艾東雖然在打瞌睡，卻保持著高度的警覺，他害怕手中的人質逃跑，也害怕追兵趕上來。

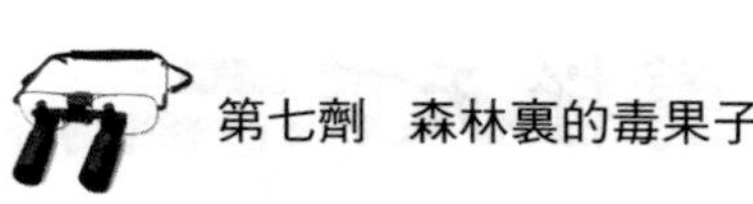


他那耳朵都快趕上動物的了。微風吹樹葉發出的沙沙響聲，松鼠爬過樹枝的聲音他都聽得到。

當然營救人員穿越叢林的聲音也逃不過他的耳朵。警覺的他立刻把那柄開山刀操在手裏。正準備逃跑，卻發現來不及了。李傑他們來得很快，轉眼已經到了他眼前。

「你們別過來，過來我就殺了她！」艾東不厭其煩地念叨著老套的台詞。

「艾東，你給我把刀放下！」吳傑吼道。

「放你媽的屁！什麼好事都你幹，什麼壞事都我幹！憑什麼，如果說我今天殺了她，你也要負責，就是你逼我的！」艾東指著吳傑一頓臭罵，弄得吳傑臉色很不好看。

那些于慧仙的保鏢也都用一種奇怪的眼光看著他，似乎吳傑跟艾東是一夥的。

「冷靜，冷靜。你別著急！你有啥要求一定滿足你，如果你殺了她。恐怕你也跑不了！」李傑學著他那個年代的談判專家語調與詞語。

「好了，你們都給我滾，你們回去，我就放人！」艾東吼道。

「你當我們傻瓜？我們走了，你不放人怎麼辦？現在放人，你要多少錢你說！」其中的一個保鏢毫不退讓。

「少廢話，信不信我殺了她！」艾東目露凶光，惡狠狠地把于慧仙拉了過來，開山刀就架在她粉嫩的脖子上，那白皙的皮膚與閃亮的鋼刀格外耀眼。

那群保鏢立刻服軟了，紛紛不甘心地向後退著。唯獨李傑依然站在那裏不爲所動。

「你也給我退後，信不信我殺了她！你個小混蛋，如果你不來，也不會出這種事！都是你們逼的！」

「你這種人死不足惜，拉不出屎怪地球沒有吸引力！你自己心黑還怪別人對你不公平。你怎麼不想想，如果不是你貪婪，會有今天的結果麼？你總覺得自己得到的不夠。那麼你想過你付出多少麼？你付出的真的有別人多麼？我原本給你選擇了一條金光大道，你卻偏偏走死路！你不要嚇唬人，如果你殺了她，恐怕下一個死的就是你！你也看到了我們這麼多人，你只有兩條路可以走：第一，你殺了她，然後自殺，不，恐怕你沒這勇氣，我們殺掉你！第二，就是我們坐下好好談談條件，或許我們真的可以放過你，也可以給你一筆不菲的贖金，你可以繼續過你的小日子。」

李傑說著找了塊石頭悠閒地坐在上面，然後打開用衣服包著的果子，用手擦了擦，使勁地咬了一口。

野果吃起來並不怎麼樣，可人在饑餓的時候並不怎麼挑剔。有東西塡飽肚子就行了。

艾東看到李傑的果子，立刻感覺更加餓了，他也明白自己的處境，無法死或者逃掉。他已經不求什麼金錢了，能活下來就算很不錯了。可是他又總覺得不甘心。他想要贖金，也想安全地離開，不甘心下輩子就這麼沒有了！

「把你的果子扔過來！要不我就殺掉她！」

「好，好，你什麼都要，給你給你！」李傑說著，將果子扔過去的同時，還不忘在懷裏放幾個。

艾東不由得鄙夷李傑。他撿起個野果，擦也不擦就扔進嘴裏。那果子入口酸澀，可餓極了，他也就不管了。

他一連吃了十幾個，當他正準備再吃一個的時候，卻突然感覺手指失去了感覺，嘴巴也失去了感覺。此刻他才突然想起，嘴巴早已經感覺不到味道了，剛才吃最後幾個果子的時候，已經感覺不到酸澀。

「你耍我！」艾東罵人的時候，已經有些口齒不清，可是他拿起砍刀，卻清楚地表明他要傷人！

可李傑早有準備，一個箭步衝了上去，將艾東撲倒！那些保鏢站得比較遠，看到情況後也跑來幫忙。

可沒等他們跑到，李傑卻跟艾東滾到了一邊去，而艾東死死拉著于慧仙就是不肯放鬆。李傑身體雖然不錯，卻不是艾東的對手。艾東小時候當過獵戶，比李傑無論哪方面都要強，連日的勞累卻讓他只能跟李傑打個平手。

山上都是樹與雜草，不踩過眼前的雜草，誰也不知道前面有什麼，這扭打的李傑和艾東撲倒了一堆雜草後，竟然消失不見了，同時不見的還有被艾東拉著的于慧仙。

後面的人上來撥開雜草的時候，他們才發現，草後面是一個陡坡，三個人竟然都滾了下去。這就是水土流失的問題，那一片山的泥土砂石都被水沖掉了，光禿禿的，只剩下一片裸露著砂石的山坡。

「快下去找！真是，明明已經解決了，竟然又出了這麼一檔事！」吳傑無奈地拍著大腿。

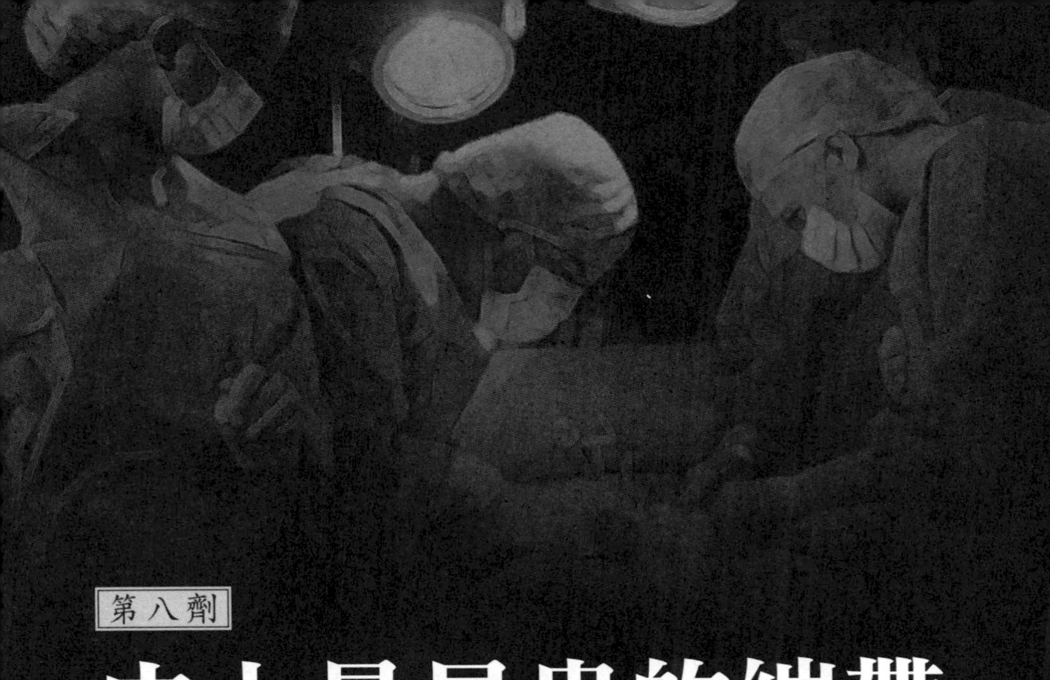

第八劑

# 史上最昂貴的繃帶

對於手中的香奈兒，李傑沒有絲毫的憐憫。
可憐那上千美元的衣服，在他手中變成了最昂貴的繃帶。
如果有裁縫在，他肯定會羞愧萬分，
因為李傑這一手撕繃帶簡直就是機械一般的精準。
雖然有些誇張，可那擺弄了一輩子布料的也不一定比李傑厲害。
這大概是歷史上最昂貴的繃帶，同時也是最漂亮的繃帶。
那衣服本身就很漂亮，變成繃帶以後更有一種美感。
可憐的胖子艾東，圓圓的腦袋就這樣包上了一條漂亮的繃帶！
于慧仙遠遠地坐在一旁，看著李傑摧毀了她的香奈兒，
再看著她的衣服包紮在了那個仇人的腦袋上！

北方多數都是落葉林，山中的土地被落葉覆蓋滋養多年。由於近年來的濫砍盜伐，造成了嚴重的水土流失，貴重如黃金般的黑土隨著雨水不知所蹤。

大片的坍塌形成了一個個小型的懸崖峭壁，李傑、于慧仙與艾東就是掉下了這種人爲的懸崖。

李傑與艾東扭打在一起，掉下去的時候卻也是抱在一起，不過李傑畢竟年輕力壯，在掉下去的時候儘量地保護著自己，同時也拉住了于慧仙。

這女人如果有個三長兩短，那李傑就等於白進山了！所以保護住她的命也很重要，李傑在保她性命的同時，也在保護她的臉。

女人最注重的就是容貌，如果她毀了容，恐怕情形更加糟糕！一個女人的報復心理往往要強於男人數倍。要問這是爲什麼？電視裏播放的女人都是這樣，李傑也說不清楚，都說藝術源於生活，那些編劇雖然多半是在吹牛，可總有些應該是真實的。

在山坡上滾了無數圈，被石頭刮破了無數個口子以後，他們終於平安著地！李傑在齜牙咧嘴地休息好一陣子後，終於有了知覺。

受傷以後不能立刻移動是常識，首先要檢查一下自己什麼地方損傷了，然後儘快地處理，否則的話，將會加重損傷。

發現自己都是皮外傷以後，李傑爬了起來，準備檢查一下身邊的另外兩個人。可剛起身，手卻摸到了軟綿綿的東西。

不用問，定然是女性的乳房，李傑的手比眼睛還要強大！摸一下就知道什麼，而且還能知道形狀，甚至有沒有疾病都一清二楚。

可惜現在不是玩鬧的時候，更不是放浪形骸的時間！那女人更是得罪不起，如今摸了人家的胸，恐怕會免不了一頓臭罵。

正準備接受懲罰的李傑突然發現這女人竟然沒有反應，再過去一看，原來是暈倒了！看來自己剛才對他的保護並不怎麼好。

那罪犯艾東卻還清醒著，只不過不停地呻吟，李傑幫他檢查了一下，發現他是腿斷了。同時，他因爲吃了太多那種果子，肌肉痲痹，呼吸有些困難。艾東紅著眼睛掙扎著，一副要吃人的樣子。

李傑畢竟只不過是一個醫生，剛才與他殊死搏鬥的勇氣瞬間消失殆盡。此刻卻被他這種野獸的樣子嚇了一跳，不由得向後退縮。

「啊！」于慧仙突然尖叫一聲，爬起來就跑。原來在李傑摸到她胸的時候，她就清醒了。不過她受傷也不輕，卻沒有力氣掙扎。

爲了避免尷尬，她也就裝作昏迷，此刻被艾東那可怕的樣子一嚇，倒是恢復了力氣。

李傑當然看出來這點，不由得老臉一紅！此刻也不知道爲什麼，不再害怕艾東了，他壯著膽子衝了上去。

只不過李傑並不是去打人，而是去救人。這艾東吃多了毒果子，此刻已經中毒，如果再不解救，恐怕他會死掉。

于慧仙卻不管艾東的死活，此刻見了這個綁架自己的男人竟然不行了，幾個小時前的屈辱立刻爆發出來。

她二話不說，直接就是一腳踢了過去。李傑正在安心地治療病人，等他發現的時候，已經來不及制止了，情急之下只能用自己的身體去阻擋。

原想一個女人也不會有多大的力氣，可是李傑不知道這女人是練過防身術的！那踢出的力量遠比想像的要大得多，而且角度刁鑽。

「哎！」李傑慘叫一聲，捂著受傷的腰趴在了地上。于慧仙含怒動手，這一下用盡了全部的力量，饒是李傑這樣精壯的小夥子也差點被他踢爆了腎。

「你沒事吧！對不起，我不是故意的！」于慧仙趕緊俯下腰，關切地問道。

李傑雖然很疼，卻故意地表現誇張一些！他知道，名門望族的女兒都是暴躁脾氣，一副唯我獨尊的面孔。

李傑人微言輕，恐怕無法阻止這個女人復仇。艾東中毒已深，如果再遭到毒打，恐怕必死無疑。

艾東雖然犯下大錯，可李傑是一個醫生，醫生不能歧視病人，無論是王侯將相，還是平民乞丐，在醫生面前都是一樣的！

罪犯所犯下的罪行自然有公安機關辦理，而犯人受傷不治則是醫生的問題。

「都是這個混蛋，害我不小心！對不起，我踢死這個混蛋！」于慧仙和顏悅色地對李傑道歉後，突然又擺出一個兇狠的面孔，想再次暴打艾東。

李傑見狀，這可不行，趕緊伸手制止，誰知道情急之下，李傑竟然又一次摸到了軟綿綿的東西。

那感覺猶如觸電一般，李傑上一輩子也算是花花公子。現在也一直有美女圍繞，可他真沒有碰過任何的女人，這身體都二十多歲了，還是童子之身！這一碰李傑呆立當場，彷彿中了石化術一般。

于慧仙剛才是裝作昏迷，此刻卻再也無法裝成昏迷了，從小到大，她從來都被當作公主供養。

雖然接觸的男人不少，也不乏有大獻殷勤者。可是她眼高於頂，對比男人都以父親為標準，可是她父親那樣的睿智深沉，以及事業上的成就，又怎麼是年輕人能比擬的？

她在二十年的生活中從來沒有與男人交往過，甚至連男人都沒碰過，當然，她父親不算。

此刻，她的胸部卻被眼前這個黑皮膚的小子摸到了，而且還是兩次！

雖然他救了自己，而且在滾落下來的時候也在保護自己，可是一個女人又怎麼能容忍這樣的事情？她暴怒起來，甩手給了李傑一個耳光！大罵流氓，然後氣沖沖要走。

「唉，你去哪裏？」李傑捂著發紅的臉頰問。

「你管不著，我要回家！」

「這山裏你走不出去！馬上就要天黑了，晚上野狼很多，而且草叢中還有毒蛇，留在這裏等救援隊來吧！」

李傑的話讓于慧仙動搖了，她很想留在這裏，眼前一望無盡的森林的確不好走，可是她強烈的自尊心又怎麼能受得了？她怎麼能面對連續兩次輕薄自己的人？

于慧仙一咬牙，下定決心離開，頭也不回地衝進森林。李傑立刻慌亂，本來以為能嚇唬住這小姑娘，誰知道她竟然狠心要跑。

她如果自己跑出去，必死無疑，這山上有什麼東西不知道，但是野獸肯定不少的！起碼野豬就會不少。

可是眼前的艾東也是一條生命啊！自己如果走了，這艾東肯定是救不活了。可那于慧仙如果走了，也是死路一條啊！

李傑氣得一跺腳，丟下艾東直接朝著于慧仙跑去。剛剛跑進叢林，李傑就聽到前面一聲尖叫。

那聲音距離李傑不遠，他聽得清清楚楚，除了于慧仙，還會有誰會發出這樣的聲音？匆忙跑過去的李傑發現于慧仙坐在地上，而她的腿上著爬著一條蛇，那尖牙狠狠地咬在了她的腳上。

她的高跟鞋早跑掉了，沒有了鞋子的保護，那蛇牙輕易地穿透了皮膚，蛇的毒液是順著牙齒排出來的。

那蛇的花紋豔麗異常，分明是一條劇毒的蛇。李傑顧不得恐懼，他聽說抓蛇拿七寸，可是說歸說，誰又知道蛇的要害在哪裏？

情急之下，李傑一把抓住蛇尾巴使勁一甩，那蛇飛到半空中，撞到了遠處一棵大樹上，掉落下去再也不知所蹤。

李傑趴在地上，開始爲于慧仙吸血。那毒液只要不進入靜脈就不會有生命危險，被蛇咬了一定要吸血，不能讓太多的毒液進入體內，否則在沒有藥物的情況下，人堅持不了多久的。

于慧仙本來就羞於面對李傑，此刻自己的腳竟然被人家吸吮著！不由得更加覺得羞恥，她的臉漲得通紅，卻又不敢動彈，那蛇的確把她嚇壞了。

其實李傑也嚇壞了，這女人的腳上因爲急匆匆地趕路全是傷口，他剛剛太大意把蛇給甩飛了。

此刻腳上傷口眾多，他卻不知道，到底哪個是刮的傷口，哪個是蛇咬的，於是一陣亂吸，只要有血流出，全都吸一遍。

李傑最恨的就是當急救醫生，這活兒最麻煩，也最髒！比如此刻需要給人吸腳。雖然是美人的三寸金蓮，可是李傑哪裏有那個心情。

李傑沒有那個心情，于慧仙更是沒有那個心情，可是她的腳被李傑攥在手中，同時又被吸吮著，那種感覺很是奇怪。

她不禁感覺害怕起來，甚至覺得自己不是正經的女孩子，怎麼被一個陌生的人握著腳掌卻沒有一點羞恥之心，反而有點喜歡這種感覺。

李傑發現了她臉上怪怪的表情，不禁疑惑，這女人真是善變，剛才還怒氣沖沖，此刻又變了一個模樣，的確比毒蛇還可怕！

曾經的情場浪子李文育，也就是現在的李傑很快就明白了，那美女于慧仙的腳分明是她的敏感地帶。

雖然是幫忙吸毒，如此一來卻也不免有些尷尬！因爲她的腳受傷了，沒有辦法移動，李傑只能背著她回去。那個艾東還昏迷在那裏。

于慧仙紅著臉趴在了李傑寬闊的肩膀上，她第一次與除了父親以外的男人有這麼親密的接觸。

此刻心如鹿撞的她臉色緋紅，露出一副小女人的樣子，多虧了周圍沒有人看到，否則她不知道是不是應該找個地洞鑽進去。

兩個人行走在叢林中一時無話，爲了避免尷尬，于慧仙說：「爲什麼還要救那個混蛋呢？」

「我是一個醫生，而他是一個傷者，我必須救他！」

「沒看出來，你年紀輕輕的卻是這麼古板的人，他那種人罪有應得，死了活該！」于慧仙不悅道，接著她便將艾東決定拋妻棄子將參茸廠賣給她的事情複述了一遍。其中說到他的可惡之處，于慧仙恨不得將他生吞活剝了。

李傑聽得直皺眉頭，這個艾東果然膽大包天，自己也多虧了運氣不錯，提前來了一天，否則交易達成，不知道要吃多大的虧。

參茸是中藥的代表，參茸的品質不達標，那中醫館其他藥物再好也要打一折扣。

聽于慧仙的口氣，似乎對這個參茸廠志在必得。看來還是要想個辦法讓她把這參茸廠讓給自己才好。

背後雖然背著于慧仙這樣的絕色美人，可李傑一點興奮的感覺也沒有！從山上滾下來的他遍體鱗傷，此刻又給樹枝掛破了幾處！而且從進山尋人到現在他都沒有休息過，此刻背著一個人可謂舉步維艱啊！

艱難地走出樹林，他還不能休息。那個艾東此刻流血不止，已經失血過多，臉色鐵青，看起來非常駭人。

李傑將背上的于慧仙放下：「你在這裏休息，我去救他，不要再跑了，這裏除了蛇還有狼！」

于慧仙剛才被蛇嚇得夠嗆，早已經打定主意不跑了，乖乖地點了點頭，看李傑解救人。

眼下缺醫少藥，甚至連清水都沒有！李傑只能用最簡單的辦法救治艾東這個胖子。

首先是要止血，人失血超過一升就危險了，這艾東雖然身寬體胖，但再強壯的人也不可能流那麼多血還沒事。

李傑將他的衣服撕開，對傷口查看了一番。艾東這傢伙滾下山坡的時候，一點自我保護的意識也沒有。

他渾身的傷不知道有多少，最嚴重的就是頭部的傷口，頭皮已經血腫。必須放血包紮，否則後果不堪設想。

可是在這個荒山野嶺中，什麼也沒有，李傑用什麼東西包紮呢？用什麼東西放出瘀血呢？

左看右看，李傑實在找不出什麼東西，最後他的目光鎖定在于慧仙的身上。于慧仙看到李傑盯著她，不由得想起了剛才兩個人在一起的尷尬。

這年代的人都比較單純，沒有二十年以後那麼開放，很多人甚至被異性注目就會不好意思。于慧仙就是這樣的人。她覺得心跳加速，很是尷尬，有些惱怒又有些喜歡。

李傑向于慧仙走過去，每多走一步，于慧仙的心就跳得快一分。眼前這個陌生的傢伙，給于慧仙的感覺是她從來沒有過的！

「你的髮夾借給我用一用！」李傑走到于慧仙面前說。

「給你！」于慧仙摘下髮夾扔給他。

李傑看著有些惱怒的于慧仙，不知道自己做錯了什麼，惹得眼前這美女如此地生氣，不過她此刻生氣的樣子卻別有一番韻味。特別是那紅撲撲的臉，不知道是爲了什麼在害羞。

沒有時間多考慮，他揀了髮夾，在石頭上磨了幾下，趕緊跑到艾東的身邊。這胖子此刻已經昏迷不醒了，隨便怎麼折騰都不會痛。

其實李傑對這個胖子沒有一絲好感，甚至還非常痛恨！如果不是艾東的貪婪、自私與狂妄，恐怕也不會有這麼多的事情。

艾東如果知道會是今天的結果，恐怕他不會鋌而走險。此刻他非常地痛苦，李傑給他吃的那果子麻痹效果非常強，現在的他昏迷了還好，如果醒過來，恐怕會覺得死了也比現在好一些。

昏迷的人不能用嘔吐的方法來解決中毒的問題，因爲有可能阻塞氣道，食物的殘渣會把人憋死。

艾東此刻已經昏迷，倒也不用催吐了，他中毒不深，而且那毒藥消退了，也不會有什麼後遺症，只不過比較痛苦，算作對他的懲罰也不爲過。

目前他最大的問題就是出血，他身上沒有什麼大的傷口，可是傷口卻很多，到處都在流血，傷口多了也是很可怕的。

首先要解決的出血點是頭皮，李傑一手拿著髮夾，深吸了一口氣，然後另一隻手扶著艾東的頭。

他因為很胖，滿腦袋都是油，細菌滋生，這麼做肯定會感染，但不做他肯定會立刻就死！

只能聽天由命了。髮夾很鈍，李傑只能將傷口做簡單的處理，把泥土與石頭塊挑出來。

頭皮中有瘀血，但是不能挑破皮！

剛想到這裏，他突然想到還是把艾東頭上的瘀血處理一下。李傑心想：就用蜞針吧！先疏通一下他頭上的血脈，緩解緩解血瘀阻塞的情況。

于慧仙以為李傑想借機整治一下艾東，不過李傑可沒這麼想，在他心裏，治療的時候他的身分只是醫生，不能因個人恩怨而決定治療與否。

蜞是水蛭，也就是我們常說的螞蟥，善吸血，水蛭不但能吸出下肢中的血腫水腫以及凝血瘀血，而且水蛭的口中會分泌出水蛭素，這是目前人們發現最強有力的抗凝血藥物，可以極大抵制血栓的再次形成，防止傷口難以癒合。

蜞針是古代中醫使用螞蟥來吸取人體內血腫、水腫、淤血、毒血的一種辦法，現在科技發達了，已經基本不用這種方法了。

不過眼下用在艾東身上，卻是非常合適的。血行不暢，也會慢慢引起肌肉和神經組織的營養輸送不良。

山野裏螞蟥很多，很快他就捉來不少。李傑把艾東頭上的繃帶解開，用樹枝夾住螞蟥，一條條放在艾東頭上。沒多久，一隻隻吸滿血的螞蟥從艾東頭上摔了下來，然後一條條死去，于慧仙看得眼睛發直。這吸了血的水蛭，身軀比以前龐大了很多倍。再過一陣，艾東頭上的青色也消退了不少。

現在只需要用繃帶用力地包紮就可以了。

可是這情況下，哪裏有繃帶？李傑看了看自己身上的衣服，全是汗水和血漬，而且在山上滾下來已經破爛不堪。

這衣服又怎麼能當綁帶呢？於是他再次將目標轉向了于慧仙，臉上露出奇怪的笑容。

于慧仙看到李傑又在打她的主意，氣就不打一處來。這個黑皮膚的小子剛戲弄過自己。這次又來幹什麼？這荒山野嶺的，孤男寡女！難不成他是真的有什麼壞想法？想想那昏迷的艾東，于慧仙覺得很有可能，特別是李傑的怪笑，讓她更加覺得可能！

其實她完全錯怪了李傑，這位一心想著救人的醫生根本沒有想那麼多，他只不過是看到了繃帶的來源。

于慧仙的衣服保持得很好，根本沒有怎麼破損，而且她衣服也比較多，就算撕了一件，裏面還有一件。

如此一來，這艾東便有救了，於是李傑帶著微笑匆匆地跑到于慧仙身邊！

「把你衣服脫下來，快點，快點！」

「你要幹什麼？」于慧仙恐慌地說。

「快點，要不就要死人了！」

李傑的意思是艾東要死了，于慧仙卻以爲李傑是在威脅她，於是大叫一聲，施展出了無敵的女子防身術。

那招式對艾東效果不怎麼好，可是打李傑卻一下一個準。那粉拳直接打在李傑的臉上。

李傑頓時鼻子一酸，眼前一黑，被打倒了。他迷迷糊糊的，好一會兒才起來。于慧仙一副進攻的架勢，好像在說，你過來我就幹掉你。

「你瘋了麼？」

「滾開，你這個色狼，你再敢靠近一步我就殺了你！」于慧仙話說得挺狠，卻有些底氣不足。

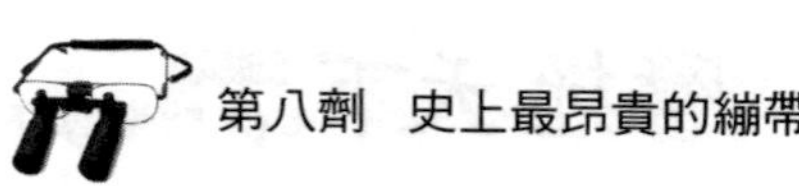


李傑一聽笑了，雖然被打得挺疼，不過這女人的確挺有意思！想想剛才自己的確是心急了一些，沒有說清楚。

「你誤會了，我不是這個意思！我對你一點意思也沒有。你放心，我絕對對你沒有意思！」

這李傑不說還好，那于慧仙一聽更加生氣了！什麼叫做絕對沒有意思？難道自己長得不夠漂亮？

容貌是一個女人最重視的東西了，于慧仙才色無雙，每個人都誇她辦事能力強，可是她最自豪的並不是她的能力，反而她更在乎自己的容貌。

女人在任何時候都是女人，無論她處於什麼地位，就算是大公司的經理或者女總統這樣的女強人，或者女殺手這樣的冷血女人都一樣。

她們都是女人，職業不過是一個外表。她們也喜歡在自己的男人懷裏撒嬌，喜歡把自己打扮得更加漂亮一點，很在乎自己的形象外貌。

「滾開！你這個混蛋。我的衣服爲什麼要給你，爲什麼要救這個混蛋？」

于慧仙氣鼓鼓地坐在一邊，根本不理睬李傑。對付任何人，李傑都有辦法，可唯獨小女人，他束手無策。

一陣秋風吹過，天氣漸漸地涼了起來。再抬頭看看天，已經接近晚上了！看來救援的人要晚上或者第二天白天才能來了。

「你怕鬼麼？」李傑問。

「不怕！」于慧仙咬牙說。其實她說的是假話！李傑只需要看她那表情就知道。

「你不把衣服貢獻出來，這艾東可就死了，還好你不怕鬼！要不然他變鬼一定很喜歡你，你看你細皮嫩肉的……」

于慧仙終於受不了李傑了，她氣憤地瞪了李傑一眼，然後怒道：「你給我轉過去，不許偷看，我要脫衣服了！算是便宜這個死胖子，還有你這個混蛋，我會記住你的！」

李傑笑了笑轉過身去，他可不在乎這女人的報復，相反李傑有點喜歡這女人生氣的樣子，很有味道！

于慧仙是一個很有生活品味的人，這樣的女人或許性格不怎麼樣，爲人也不怎麼樣，但不可否認，她們打扮得很漂亮，很優雅。當然女人的內在美也很重要，不過，男人們通常都是以外表美麗爲第一關，而不是以心靈美爲第一關。

于慧仙憤怒地將她的香奈兒扔給李傑的時候，還不忘大罵一番，以發洩心中的怒氣。

李傑可不在乎，他甚至還聞了一下她的衣服。當然他不是變態，他只檢查這衣服是不是有很濃厚的香水味道。

這一舉動可加深了于慧仙對李傑的怨恨，同時自尊心也小小滿足了一番，把剛才李傑說對她沒有興趣的話當成了謊言。

對於手中的香奈兒，李傑沒有絲毫的憐憫。可憐那上千美元的衣服，在他手中變成了最昂貴的繃帶。

如果有裁縫在，他肯定會羞愧萬分，因爲李傑這一手撕繃帶簡直就是機械一般的精準。雖然有些誇張，可那擺弄了一輩子布料的也不一定比李傑厲害。

這大概是歷史上最昂貴的繃帶，同時也是最漂亮的繃帶。那衣服本身就很漂亮，變成繃帶以後更有一種美感。

那可憐的胖子艾東，圓圓的腦袋就這樣包上了一條漂亮的繃帶！于慧仙遠遠地坐在一旁，看著李傑摧毀了她的香奈兒，再看著她的衣服包紮在了那個仇人的腦袋上！

也不知道是李傑故意的，還是巧合，那艾東腦門兒上正好有一朵花，很柔弱的很有女兒味道的花。

那花是于慧仙衣服上的，此刻跑到了胖子艾東的頭上，顯得怪怪的！一朵嬌滴滴的花下卻是一張胖胖的邪惡的臉。

等李傑包紮好了以後，那效果更加明顯，于慧仙忍不住笑了起來。

「別笑了，來幫幫忙！」李傑滿頭大汗，那衣服太結實了，這胖子也太重了。

于慧仙待著很無聊，此刻一笑又忘記了剛才的不快，竟然沒有反對，跑過來給李傑幫忙。

艾東除了頭部的傷口以外就是大腿的傷，他大腿內側被一根樹枝扎穿了，不過並沒有流多少血。

可是只要李傑將樹枝拔出來，血液絕對會大量噴射出來。那個時候，就算在醫院也是很難弄。

「我們去弄點火點起來，弄點草灰。順便弄出一些煙，營救我們的人就可以找到我們了。」

「沒錯，我還有點冷，還能烤烤火！」于慧仙興奮地過去找柴火。

森林中斷裂的樹枝有很多，特別是這裏曾經被濫砍盜伐，很多樹枝被砍斷了扔到這裏。

可是，柴收集好了才發現，他們倆沒有火！李傑不抽煙，當然沒打火機！如果說鑽木取火，那不可能！說著容易做著卻難。

「沒有火怎麼辦？」于慧仙著急道。

「涼拌草灰，用石頭砸爛一些草藥來止血。」

那些草藥並不是止血草，可此刻只能死馬當活馬醫了！

「聽好了！我一會兒要脫掉他的褲子，然後把那插進去的木棍拔出來！你要幫我按住他，劇痛下他可能會醒。」

于慧仙點了點頭，然後又搖了搖頭：「他醒了傷害我怎麼辦？」

「放心，他失血過多，不會有力氣了！」

李傑估計得沒有錯，失血過多的人的確虛弱，可是他卻低估了人體的潛力。李傑撕開了艾東的褲子，然後快速將那半截樹枝給拔了出來！

李傑動作很快，也很精準，草藥穩穩地壓在了出血點上。壓迫是止血的一種重要的方法。

艾東痛得果然驚醒了，不過卻不是李傑想像的那樣沒有力氣，他竟然坐了起來，此刻的他神智有些不清醒，然而昏迷前他卻在打鬥，所以坐起來的時候，他充滿了好鬥性。

當他看到李傑和于慧仙的時候，唯一的念頭就是攻擊，他雙手如鉗子一般狠狠抓住了李傑的胳膊和脖子。

于慧仙看到艾東突然坐起來，嚇了一跳，雙腿都軟了下來，一屁股坐到了地上。艾東面目猙獰，因爲失血過多，臉色蒼白，很是恐怖。

他狠狠地掐住李傑，可李傑只是用手扳著艾東掐著他脖子的手，另一隻手依然在幫他止血。

于慧仙在幾秒鐘以後才恢復，爬起來幫忙，她找到了一個大棒子就要朝著艾東的頭砸去。

「住手，別打！把他的手掰開就好了，他已經昏迷了！」李傑因爲脖子被卡住，說話的聲音很奇怪。

在于慧仙的幫助下，李傑終於又可以呼吸了，這死胖子艾東的血也止住了，李傑熟練地給他打好繃帶，當然還是用于慧仙的衣服。

于慧仙看到李傑脖子上的手指印，感覺有些慚愧，這個醫生是一個好人，甚至是一個有些過分的爛好人。

明明對方要害他，他卻一點都不在乎，依然想著救人！雖然于慧仙對李傑的做法並不贊同，但卻非常欣賞這樣的人，起碼跟他在一起很有安全感！

北方的秋天是很冷的，尤其是山谷中的風很大，一陣冷風，人身體的熱量全部被帶走了。

于慧仙躲在石頭後面，想借助大石抵擋一下淒厲的寒風，可巨石卻毫無作用。她此刻冷得牙齒打顫，心中不斷抱怨著李傑將她的衣服拿去做那可笑的繃帶！害得她在這裏受凍。

實際上，她那小衣服就算穿上也沒有什麼作用！如果拿去做繃帶還能救人，雖然包在艾東的頭上有些可笑。

李傑將艾東抬到風比較小的地方，艾東的頭熱得厲害，很顯然是在發燒，可李傑現在什麼也不能幫他了。天已經黑了，從進入秋季開始，天就在變短，等到了冬天的時候，甚至下午五點左右，天就會黑，而早上七點才能真正感受到陽光。

「你不能想想辦法點火麼？」于慧仙蜷縮著坐在石頭後面，以求保留一些溫暖，可是她實在受不了了，又累又餓的她想睡覺。

「我是個醫生，又不是野外生存專家，你讓我怎麼弄火出來？鑽木取火我也不會，你也看到了我手都鑽掉皮了，也沒見火升起來！」

「那用石頭打，不是說火石能打出來麼？」

「那我還不如鑽木頭了！」李傑沒好氣地說。

那電視上、書上說鑽木取火好像是那麼一回事，可是等到了實際應用的時候，誰能真正鑽出火來？

李傑不知道嘗試了多少次，根本點不著火。他最後也放棄了，只求挨過這個晚上，救援隊能早點找到他們。

現在艾東在發燒，如果他們不能早點來，恐怕他會死在這裏！現在天氣雖然冷，可是李傑年輕，堅持一個晚上還沒什麼關係。

于慧仙不停地向手中哈氣，同時又把自己的衣領立了起來，雖然那並不能增加溫暖。

「晚上我們怎麼辦？難道就這麼過夜？」于慧仙說。

「等救援隊，這是唯一的辦法了！天氣很冷，堅持一下，不能睡覺！」李傑說。

「可是，我很累，也很睏。昨天晚上就被這個死胖子劫持，走了一夜的山路！」于慧仙說著竟然委屈地哭了起來。她從小嬌生慣養，從來也沒有吃過這麼多的苦。

李傑最怕女人哭，女人的眼淚號稱最強的武器，特別是絕色美女那梨花帶雨的哭，再看她那一身傷痕，特別是一對金蓮滿是傷痕。

想到她剛才被蛇咬過的腳，李傑有些臉紅，他可是吸遍了那金蓮上的每一寸皮膚。雖然是爲了吸蛇毒，可他卻看到了于慧仙那羞愧的表情。

「放心，我在這裏給你講故事，我們聊天。一定不能睡覺！雖然天氣不足以凍死人！但是睡覺肯定會生病！如果明天救援隊找不到我們，我們又生病了，可就麻煩了！」李傑在她

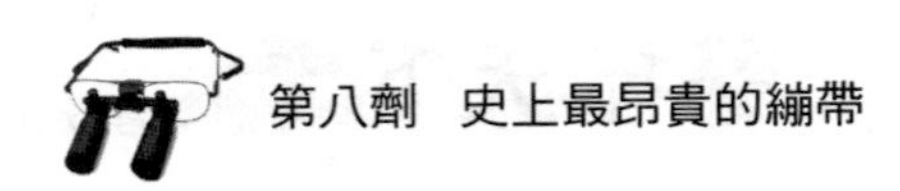


不遠處坐下，緩緩地說。

「怎麼會？我們掉下來的地方距離這裏不遠啊！」于慧仙從來沒有想到過救援隊會遲來的事情。

「的確不遠，那山崖也不高！但是你知道麼，在這種山林裏，找到一個人是很困難的，這裏沒有路，也沒有什麼明顯的標記！」

李傑不是危言聳聽，在山林中尋找一個人非常困難。這裏到處是茂密的森林，視線只能看到幾米外。而且兩個人是從山坡上滾下去的，又沒有在森林中留下任何的蹤跡，想要憑藉一雙眼睛來尋找，實在太困難了。

可惜這個時代營救措施還不夠發達，否則弄一個直升飛機來，用不了多久就能夠找到。于慧仙的眼神黯淡下來，她有些不敢相信眼前的事實。她非常地害怕，害怕救援隊無法找到他們，害怕這山裏的毒蛇，害怕這山裏的狼！

她給人的印象一直都是聰明漂亮的形象，同時她也是堅強的，是繼承父親產業的女強人。可是她才二十多歲，不過是一個半大的孩子！她是柔弱的，需要關懷愛撫的，李傑看到了她臉上那惹人憐愛的表情。

他多麼想安慰一下這女人，可是想起她那對付自己百試百靈的防狼功夫，立刻害怕起來。

天色漸漸暗了下來，森林裏變得漆黑一片，猶如吃人的野獸一般讓人恐懼！動物們在夜間也活躍了，叢林中不時地傳來一陣陣的奇怪聲音。

于慧仙越來越害怕，就算李傑不與她聊天，她也會害怕得睡不著。森林中的每一次聲響都會讓她的心臟一陣猛跳。

她蜷縮著，後背緊緊地靠在大石頭上，心中祈求著各位神仙的保佑。

然而各路神仙似乎並不理睬她，森林中遠遠傳來「嗷、嗷、嗷」的嚎叫。

于慧仙覺得那野獸就在自己的身邊，害怕得尖叫起來。

荒山野嶺中，于慧仙唯一能信任的就是李傑了。驚慌中的女人不知道森林中的野狼不可怕，撲向自己的色狼才是真正的可怕。

李傑這輩子可沒碰過女人，唯一喜歡的石清不過拉拉手而已，甚至唯一的接吻還被小魔女張璇給破壞了。

雖然于慧仙只是拉著他的胳膊，那楚楚可憐的表情不由得讓李傑一陣心癢！于慧仙是一個美女，如果放在古代，那就叫紅顏禍水，一舉一動盡態極妍。

那種誘惑幾乎是天生的，根據醫學來說，男人對漂亮女人感興趣，那是自然進化的結果。當然，現在是文明社會，人類也不是動物，如果連自己都管不住，那就不是人類了。

「不要害怕，那些狼距離我們很遠，不會來的！」李傑輕輕拍著她的背安慰著。

于慧仙過了好一會兒才恢復過來，當她發現自己與李傑的曖昧動作時，不由得後悔起來，趕忙鬆開手轉過身去，再也不好意思面對李傑。

「嗯，我們聊聊天吧，你爲什麼會來到這裏呢？我聽說好像是你要收購這裏的參茸廠！」爲了避免尷尬，李傑趕緊轉換話題。

「是的，可是這個艾東突然變卦，而且又不知道爲什麼來劫持我！可憐我們還這麼幫助這個混蛋！」

「你或許不知道，其實他們早已經將這廠子賣給了我，這艾東是私下賣給你的！」李傑歎氣道，「你難道做藥材生意？」

于慧仙沒有回答，只是重新打量了一番李傑：「沒看出來，你年紀輕輕卻是老闆階層！我不做參茸生意，我不過是在投資而已！」

「那你投資的戰略眼光的確很準確，這參茸廠値得投資，但是你投資卻還有一絲漏洞！」李傑神秘地說。

于慧仙一向自視甚高，從來不喜歡聽到別人批評，當然自信是優點，過度的自信卻是弱點。

「我倒是要聽聽你的見解！」

「王老中醫女婿的這種藥材基地遍佈全國，如果想做藥材生意，當然要全盤拿下，成爲大宗交易客戶才有定價權，才能夠真正取得最大的利益！」

「聽你這麼說，好像是這個道理，可是如果加工一下，變成成品的藥物恐怕賺得更多吧！」

「沒錯，越是加工賺得越多，但要費多大的力氣?以你們在醫藥這行業的資歷是無法做到的。」

「難道你能做到?」于慧仙不服氣道。

「我一個人當然做不到!如果你幫忙就可以。你是投資人，至於你能投資多少先不說，我只要有足夠的資金，就可以讓這個沒人涉足的行業運行！」

「說了半天，你是在勸我投資啊!這我要考察一番才行!我還以爲你是一個醫生，沒想到你是個奸商，一心勸人投資！」于慧仙笑著說。

李傑沒想到會被別人說成是奸商，一想自己的確是在這方面投入了過多的精力!醫生應該是行醫救人的，似乎不應該捲入世俗中去。

醫生當有悲天憫人之心！行醫做一台手術只能救一個人！但是開個中醫館卻可以救活無數的人，雖然中醫館在美國有些賺錢的嫌疑，但中醫也是確實有效的！

這不過是將美國有錢人的錢賺來，然後投資到國內給百姓看病罷了！想到這裏，李傑也不再鬱悶，看著眼前凍得直抖的美女，李傑便說：「不能睡覺，如果明天沒有人來救我們，睡覺再病倒了，可就真正山窮水盡了！我除了是奸商外，我還是一個醫生！」

金色的秋天是收穫的季節，同時也是蕭瑟的，也是悲傷的。一陣寒風過後，帶走了李傑身上的溫暖，帶來了陣陣的憂傷。

不知道爲什麼，他突然很想念石清，那個在實驗室中工作的女人柔弱的身影總是在他的眼前出現，一陣倦意襲來，他再也堅持不住了，眼皮彷彿重如千斤。

「嘿，醒醒！不是說不能睡覺麼？」于慧仙使勁地搖著李傑說。

不能睡覺！李傑對自己說，睡著了明天肯定會病倒，這秋天的風最是寒冷傷人，明日如果救援隊還不到達，恐怕會一命嗚呼，就算是到達了也要大病幾天。

于慧仙雖然弄醒了李傑，其實她自己也是睏得受不了，沒一會兒她也是眼皮直打架。這樣下去肯定誰也堅持不住，如果雙雙病倒，那可就麻煩了。

這樣的情景讓李傑想起很多小說中的故事，主人公男女總會掉下懸崖，然後兩個人催生一段感情。

兩個人背靠背地坐著，李傑能夠感覺到這美女那玉石一般的肌膚，清香的味道。不過他卻一點感覺也沒有，甚至他都懷疑自己是不是男人，根據他醫生加色狼的眼睛來看，于慧仙的身材很完美，臉蛋更不用說。

這樣完美的女人與自己荒山野嶺共處，李傑沒有一絲一毫的欲望。他有些懷疑自己是不是摔壞了身體，激素分泌失調了。

于慧仙第一次與男人這樣親密接觸，臉上有些發燒，可是她又有點喜歡這樣的感覺，李傑寬闊的背脊讓她感覺很溫暖很安全。

「那個混蛋好像不行了！」于慧仙感覺氣氛有些尷尬，隨便找了一個話題說。

李傑是因爲太疲倦了，睏得忘記了這個傷者，經過于慧仙的提醒才想起來。艾東有些低燒，失血不少，臉色有些蒼白，但這些都沒有關係，主要是外傷讓他很痛苦。

檢查完了他的傷勢以後，李傑有些犯難。沒有藥物，沒有器械，怎麼能治療這個傢伙呢？

如果自己是一個中醫，那麼這片森林就是藥材庫，可惜他是個西醫，而且那森林中的陣陣狼嚎讓他根本就不想去以身試狼。

「我想到了個辦法，你先轉過身去不要看！」李傑說。

于慧仙看他故作神秘的樣子，也不多問，很聽話地轉過身去，並且走開了幾步！雖然她很好奇，可是李傑不讓她看，她是絕對不會看的。

同很多女孩子一樣，于慧仙膽子很小，此前又被蛇咬過！她不敢走遠，只是在距離李傑幾步遠的地方站著。

她其實很好奇李傑在幹什麼，很想回頭看看，可是她答應了李傑不回頭。時間一分一秒地過去，她聽到了流水的聲音，強烈的好奇心終於戰勝諾言。

「啊！」于慧仙忍不住回頭看，本以為會看到李傑醫生妙手回春將半死的人給救活，可李傑讓她大失所望。

李傑的動作只能用一個詞來形容，猥瑣！或者說是非常地猥瑣。他一手提著褲子，一手扳著艾東的嘴巴。而那嘩啦啦的流水聲，就來自他的胯下。

「下流！」于慧仙轉過頭去，面頰緋紅。

李傑黑臉一紅，也不知道該怎麼說才好。艾東嚴重內傷，如果不治療是很危險的，童子尿正是治療這病的最佳方劑。

雖然李傑不是中醫，他卻也是知道應該這樣做，並不是有意報復這個艾東。至於李傑那猥瑣的動作也是沒有辦法的事，這地方沒有容器，只能直接來！

「哎，我都叫你別轉過頭來了！」李傑很流氓地笑。

「你真下流，無恥！人家都昏迷了，你還折磨他，不能君子一點麼？」于慧仙還是不敢轉過頭來，雖然李傑已經整理好衣服。

李傑也懶得解釋。艾東這胖子是從山頂上滾下來，受了很嚴重的內傷，正好李傑是處男，雖然跟童子有點區別，但他的尿還是能治療這內傷的。

「轉過來吧，我已經好了！」

于慧仙並沒轉過身，而是氣鼓鼓地跑到一邊坐著去了，她有些氣惱，氣惱李傑有些流氓！其實她心中對李傑並不討厭，相反地對李傑還有一絲好感。

她也說不清楚那好感是從哪裏來的，也許是因為從遇難到現在李傑對她的照顧，也許是李傑醫術無雙，專注救人時很吸引她。

女人喜歡以父親作為標準來評判一個男人，于慧仙的父親靠雙手打拚下來偌大的基業。因此于慧仙喜歡事業有成的男人，起碼要比老爹厲害才有足夠吸引力。李傑給她的印象是很有才華的男子，那番關於中藥市場價值的觀點讓她很是佩服，同時李傑醫術高超。

如果不是李傑那猥瑣的童子尿，恐怕于慧仙會不知不覺地把他看成一個理想的情人。

「哎，不要離我那麼遠！我又不是變態狂，其實你剛剛看到的並不是正確的！」李傑無奈道。

「我剛剛什麼也沒有看到，很黑，很黑，我什麼都沒有看到！」于慧仙說。

李傑並不在乎那麼多，這荒郊野外的，命能不能保住都不知道。他這個老童子的尿能救了艾東就已經謝天謝地了。

「別說那麼多了，我們兩個還要相互幫助熬到天亮，我估計天亮前他們應該找得到我們！

「那裏好像有燈光？」于慧仙有些興奮。

李傑順著他指的方向望去，的確好像是燈光，但深山老林中又怎麼會有燈光？

當李傑等三人滾下懸崖的時候，隨行的眾人就暗叫不好。在深林中長期居住的人都知道，這山坡看上去不高，但掉下去卻是很危險，那不高的山坡是爬不上來的，上面的人也不好施救。

想要救掉下去的李傑等三人，他們必須另外找一條路，在茂密的叢林中很容易迷失方向，更別說開闢一條路去營救三人了。

于慧仙的那些保鏢們紅著眼睛就要跳下去，如果不是吳傑攔住，恐怕這些愣小子們真的要殘廢幾個。

「我們必須快點把人救上來，我們小姐身分尊貴，從來沒有吃過苦，如果有個三長兩短，要你好看！」被攔住的保鏢們非但不感激，反而對吳傑怒目而視。

「少說廢話，留著力氣救人吧！這山裏野狼很多，如果他們不小心碰到了野狼，管你什麼身分，就算是仙女也給吃得不留下一根骨頭！」

吳傑冷冷說完，拎著開山刀朝著叢林深處走去。那些原本跟著于慧仙的保鏢們面面相覷，不知道這個一向面善的老好人爲什麼變得這麼快。

「走，咱們加把勁！」不知道誰帶頭說了一句，其他人應聲示好。他們都希望自己的英勇舉動能夠表現出來，能夠俘獲于慧仙的芳心。

他們不知道山崖下的于慧仙此刻正在專注於李傑以及他的童子尿。

從山林中開出一條路是很艱難的，特別是晚上，辨別方向成了件困難的事情。叢林越向裏面走越是密集，即使是最好的開山刀也砍得鈍了。

隊伍中有本地人，熟悉山路，在他帶領下，隊伍前進得還算快，可他們畢竟不是鐵人。

這些人差不多一天沒有吃飯了，又是連續走了一天的山路，即使再堅強的鐵人也不行。最先堅持不住的是于慧仙帶來的人，這些保鏢打架還行，體力可就差多了！而且他們多半是爲了討好于慧仙，此刻疲勞的他們早已經忘記了于慧仙的絕色容顏了。

「我們休息一下吧！」有人提議。

「不，不能休息，繼續趕路！我覺得快了，再有一個小時就能到！大家堅持一下。」吳傑說。

吳傑知道出了這事他是第一責任人，不僅僅是生意談不妥，恐怕還會有刑事責任。樹林深處的狼叫聲讓那些想要反駁的人閉上了嘴巴，再也沒有人提議休息，因爲他們害怕，害怕被吳傑丟在這裏，成了狼的腹中肉。

東方魚肚泛白，茂密叢林中有了一絲光亮。吳傑手中的開山刀已經卷了刃，他的手也被震得裂了口子。憑藉著意志力，他們終於堅持到了最後，眼前山坡的樹上有他們做的標記，一件紅色的布條。

「我們到了！」吳傑激動地說。

那些跟在吳傑身後的年輕人跟打了雞血一般，飛快衝了出去，希望在他們小姐的面前表現一下。不過很快他們發現，眼前哪裏見得到于慧仙的芳蹤？地上滿是破布，甚至還有于慧仙的一隻高跟鞋。

想起昨夜的狼嚎，一種不好的念頭湧了上來。

吳傑只覺得兩眼一黑，感覺一切都完了。一下子死了三個人！先不說合作不可能了，就眼前這賬自己也算不清了。

于慧仙的保鏢們一個個沉默寡言，甚至有人放聲痛哭……

整個山坡下一片愁雲慘澹，悲悲切切。

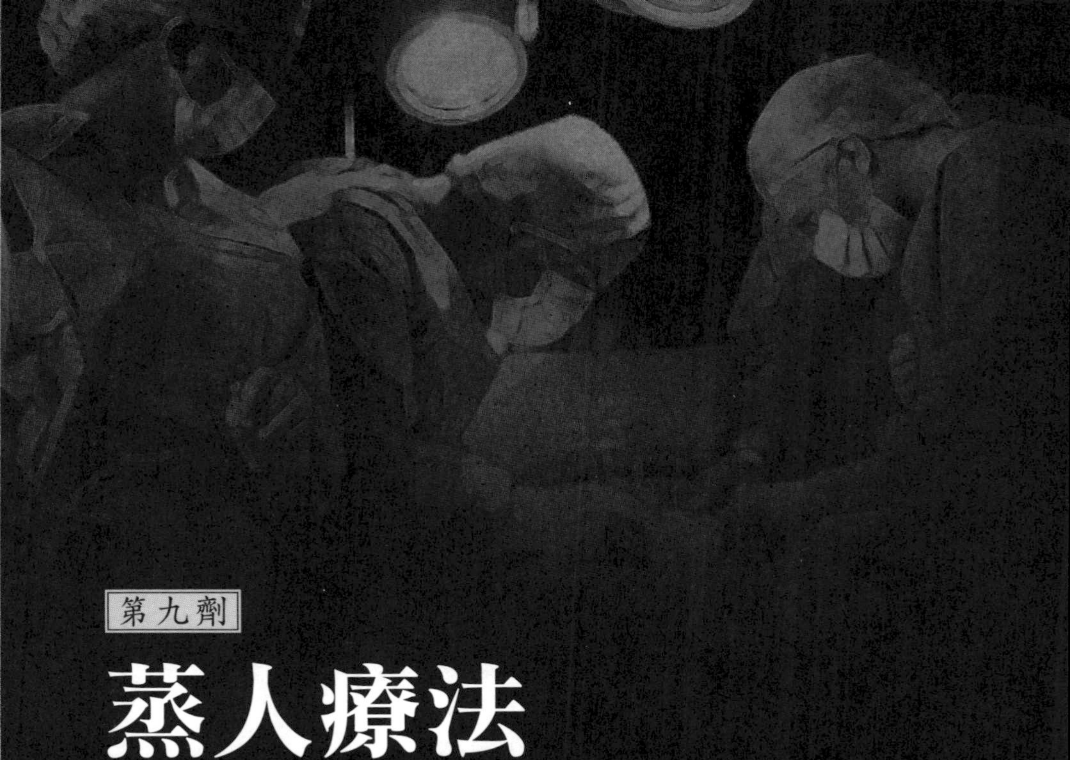

第九劑

# 蒸人療法

大把的藥物扔進了鍋裏，一陣藥物的濃香飄散出來！
李傑看得直皺眉頭，他已經猜測到了這個傢伙想要幹什麼！
蒸人療法！李傑覺得這個傢伙肯定是要幹這個！
蒸煮其實是有根據的，不過那可是年代久遠的事情，
經過長期的發展早已經變成了桑拿浴。
艾東雖然是罪犯，是混蛋，可也是一個人，
李傑決定不能讓這個趙偉胡攪蠻纏，用這不成熟的方法實驗性地醫治。

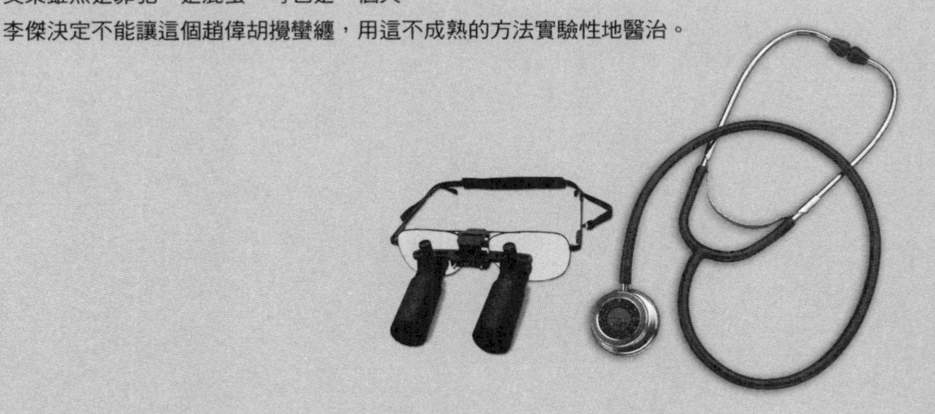

李傑跟于慧仙還不知道有人在哭他們，此刻他們倆正坐在炕頭上吃著烤地瓜，這東西並不好吃，但荒山野嶺能吃上一口也覺得香甜可口。

其實他們兩個並沒死，只不過換了地方而已，他們也沒有想到這深林裏竟然有人住。確切的講不能說是住，只是一些伐木工人暫居。

如果追究起來，那片樹林也是伐木工人們的過錯，如果不是他們的砍伐，也不會弄出一個人工懸崖來。

當然，如果不是這群人，李傑等人真可能成了野狼的糞便了。

昨天的夜裏，于慧仙先發現了微弱的燈光，於是便叫了李傑來看。李傑眼睛很好，一下子就意識到得救了。

於是他立刻跑過去，準備叫人，跑了幾步他又轉了回來，背著于慧仙跑了過去。

這讓于慧仙感覺李傑很體貼，很溫暖，如果李傑跑過去，留下她一個人，她會很害怕，而且她又不好意思開口讓李傑背著……

寬闊的肩膀讓她覺得很有安全感，有的時候就是這麼有意思，于慧仙這個眼高於頂的人，如果在平時恐怕不會正眼看李傑。

但這個時候只有他們兩個人。她不得不重視眼前的這個男人，女人在危險的時候總是喜歡找個可靠的人。

李傑當然不知道背後的女人想什麼，他只想快點得救，然後吃頓飽飯，然後好好地休息一下。

外號王大帥的是一個四十多歲的中年人，他的職業就是伐木工。當然伐木工也分好幾種，他是鋸手，強壯的老王喜歡將大樹放倒的那種感覺，非常地刺激。

老王喜歡刺激，特別喜歡看恐怖片，有時候就會想，如果自己遇到鬼了會怎麼樣。多數的時候，他會覺得自己不會害怕，可有時候又有些毛骨悚然。

不過這次老王卻知道了，半夜見鬼不是什麼好玩的，雖然他見到的是人不是鬼，也被嚇得夠嗆。

李傑的造型非常的嚇人，從山上滾下來以後，他也沒有好好整理一下，那一臉灰土夾雜的血跡，特別是他的身上全是艾東的血液，在夜裏光線不足的情況下非常恐怖，而且他身後還背著于慧仙。老王第一眼看到他們的時候還以爲碰到了鬼。

一個有著兩個腦袋，全身是血的鬼怪！一身是膽的老王丟下手中的煤油燈撒腿就跑，他終於知道了自己見鬼的時候會發生什麼事。

老王的這個經歷被人笑話了好久，爲此他好久沒有抬起過頭來。當然李傑是不會笑話他的，雖然這傢伙因爲害怕而發出的尖叫聲的確很有意思。

「老王大哥，有水麼？」李傑在吞掉了半個地瓜後問。

「慢點吃慢點吃，還有很多，等一會兒我們去打點野味！你吃多了小心肚子裝不下！」王大帥是一個豪爽的北方人，絲毫不覺得救了這樣的兩個人麻煩，也沒怪罪他們倆嚇唬自己。

于慧仙從小被教得很乖、很淑女，平時吃東西都是細嚼慢嚥小口小口地吃。那種優雅的姿態讓很多人覺得，看她吃飯也是一種享受。

即使在這種情況下，她依然吃得很慢，用細長的手指剝掉地瓜的皮，然後用筷子挑一小塊放入口中。

李傑相反是大口猛吃，弄得臉頰上都是地瓜，不過他可不在乎，差不多一天半沒有吃東西也不是鬧著玩的。

「我胃口大，有野味也能吃下去！」王大帥雖然說有野味，可李傑不管那麼多，吃飽就好了。

「嗯嗯，你們休息，我去打獵去！另外，你們那個一起的人我已經找醫生給他治療了。

不過他身上怎麼有一股子尿騷的味道，害得我搬他的時候弄了一身……」

李傑沒敢說是他的童子尿，只說不知道，于慧仙卻在一邊忍不住笑了。待老王走了以後，李傑對于慧仙說：「好歹我們也是共患難的，你可知道，你的笑會出賣我！這裏可是人家老王的地盤，整個伐木廠的遠征軍都在這裏，你可知道他手裏拿的是柴油鋸，一下子我就變成真鬼了，到時候我就像嚇唬老王一樣天天晚上嚇唬你。」

李傑是個喜歡開玩笑的人，平時，總愛嘻嘻哈哈地開玩笑。

「我才不害怕，老王昨天說了，主要是他看到你兩個腦袋，沒有兩個腦袋，我看你怎麼嚇唬人！」

「那我就天天背著你，然後照鏡子嚇唬你！」突然李傑覺得這麼說有些曖昧了，想起自己背著她跑了那麼久，又想起來自己生產老童子尿的時候被于慧仙看了個乾淨，於是不說話了，安心啃地瓜。

于慧仙也是有些尷尬，她可從來沒有跟一個男人走得這麼近過，而且這男人學識出眾，更是一位救死扶傷的醫生，人品也不錯……

尷尬的場面沒有持續幾分鐘，吃多了地瓜的李傑感覺臀部有一些漲，非常強烈的感覺。

那感覺來得太快，太猛！以至於一向定力深厚的李傑也忍受不住，撲撲撲的聲音伴隨著一股氣體湧出。

李傑覺得很鬱悶，雖然他不太在乎自己在于慧仙心目中的形象，但也不能讓自己變成這樣。

「地瓜纖維成分高，刺激了腸胃蠕動，而且地瓜質感膨鬆，空氣進入消化系統太多！」李傑不知道說什麼好，於是就把吃地瓜放屁的原因給說了出來。

如果是別人在于慧仙面前這麼無禮，恐怕早已經丟失了美人的芳心。或者像李傑一樣這麼解釋，恐怕會被認爲是書呆子。

但李傑不用，于慧仙是第一次這樣正視一個男人。人生很可能一輩子也經歷不到一次生死。一輩子也遇不到一次英雄救美！但于慧仙卻連續有兩次，被艾東劫持算一次，掉下懸崖又算一次。

而這兩次都是李傑救了她，如果第一次于慧仙對這個用果子騙了艾東的傢伙還沒有什麼好感，但是在懸崖下她卻真正將這個男人當成了自己全部的倚靠。

于慧仙自己都不知道什麼時候已經將李傑當成了愛慕的對象，因此在她的眼裏，李傑無論做什麼都是好的。

甚至剛剛無理地釋放有毒氣體，都被她看成是他的老實本分，毫不掩飾性情……

「我去看看艾東，嗯，他的傷挺重，這裏只有我瞭解他的病情！」李傑找藉口離開，他有些害怕面對于慧仙。

因爲這小美女的殺傷力太大，李傑又不是什麼聖人，他不想背叛石清，因此離開是最好的辦法。

「我跟你一起去！」于慧仙並不打算放過李傑。

王大帥他們的伐木廠規模很大，這批深入林中的伐木隊不過是遠征軍，他們來這裏並不打算砍伐多少木頭，只不過來考察，本著不破壞環境的原則採集木頭。

深林中充滿了危險，經常會有人被蛇咬，或者跌倒，因此配備醫生成了必然。這支伐木隊的醫生趙偉本來是個赤腳醫生，後來去衛校培訓了一年，搖身一變轉正了。

雖然沒有經過系統的學習，但常年的行醫讓他有了足夠的經驗，跟著伐木隊做這樣的工作他還應付得來。

只不過今天他有些犯難，這個頭部被人用女性衣服，以一種可笑的方式包紮的病人有些棘手。

趙偉甚至顧不上他身上那股尿騷味，爲他做了全身的檢查，最後他覺得這人能活下來是奇蹟。

他很難想像這個大腿與頭部嚴重受傷的人是怎麼搶救的，是什麼人能夠在那麼艱苦的情況下對他做出這麼完美的處理。

「您好，我叫李傑，這個人的傷是我處理的！我對他的傷比較瞭解，讓我來吧！」李傑走入趙偉的房間說。

「他現在是我的病人！」趙偉看了看李傑說。

同行是冤家，趙偉雖然是個赤腳醫生，但他卻不願服輸，特別是輸給李傑這樣的年輕人！

李傑不知道這伐木場醫生哪裏來的氣，自己似乎也沒有惹他，他卻擺出副敵對的嘴臉！不過李傑也不是那種軟柿子，既然人家對自己有氣，那就要好好會一會這個傢伙，如果是自己的錯當然要道歉，如果自己沒有錯，李傑也不會任人欺負。

于慧仙早已經把李傑當成了自己人，趙偉的敵對態度讓她很不舒服，心中早已經把趙偉詛咒了一百遍，又把李傑鼓勵了上千遍！

「那你對他檢查過了吧！這病人叫艾東，四十七歲身米一米七五，體重一百八十四斤，左側三、四肋骨骨折，右側六肋骨骨折……」李傑滔滔不絕地說出了病人的基本情況。

在場的于慧仙跟趙偉聽得一愣一愣的，趙偉滿頭冷汗，心想自己這次是碰到對手了。這傢伙怎麼這麼厲害！

于慧仙卻覺得李傑太狡猾，兩個人一直在一起，她從來也沒有看到李傑去檢查病人，於是狡黠地笑了笑。

等李傑說完，趙偉發愣的時候，于慧仙趴在李傑的耳朵邊問：「你蒙人真有一套！身高體重你都看得出來？」

「我說的是真的，我怎麼會拿病人開玩笑！」李傑笑著說。其實他還想說，你的身高體重我一看就知道，還包括你的三圍。

當然李傑不敢說，因爲這美女他消受不起，剛才趴在自己耳邊說話的時候，那吹氣如蘭的于慧仙已經讓他吃不消，如果陷得太深，恐怕會管不住自己。

「趙大夫，要我幫忙麼？」李傑笑問。

「不用，我自己能處理！」趙偉覺得李傑這是在挑釁，在笑話自己無法完成救治！其實李傑並沒有這個心思，他是真的想幫忙，但畢竟這是人家的地盤。

其實這個趙偉治病還算可以，沒有兩把刷子他也不能混到醫生的隊伍中來，但是他畢竟是個赤腳醫生，只不過在衛校學習過一段時間。

他的基礎太差，很多東西都是不會的！在李傑看來，他的操作非常地不標準，這些小方面不注意，也許不會有什麼影響。可一旦發生了影響，那就是不可逆轉的。

醫生做事的每一步都關係到人的性命，因此誰都可以犯錯，但是醫生不行！李傑不想跟這個趙偉鬥下去，只是冷冷地看著。

趙偉是個小醫生不值得他鬥，同時李傑也不屑跟他這樣的小人物鬥！

趙偉卻以爲李傑不過虛有其表，說的那些話都是蒙自己的，於是大起膽子開始醫治病人。不過越是深入地檢查，他越是心驚。

李傑剛才說的症狀都應驗了，很多處傷如果李傑不說，他是根本無法找到的，他甚至懷疑這個傢伙的眼睛是不是人的眼睛，這很多傷不用現代化的儀器是檢查不出來的。

如果他知道李傑的眼睛在某些方面堪比X光，甚至比核磁共振還厲害，李傑的眼睛可是能夠一下掃視判斷出女人三圍的。

赤腳醫生中也有很多高人，隱跡於深山或市井之中。碰到高人的機會跟買彩票中獎的機率差不多，趙偉顯然不是那種高人。

現在的鄉村赤腳醫生趙偉只能硬著頭皮醫治下去，活了四十幾年的他怎麼能夠甘心在一個小輩面前承認失敗？

趙偉臉上的汗水順著面頰流了下來，眼前的病人很棘手，以他一個鄉村醫生的能力，抓藥看病還行，對付重傷的病人，他在衛校學的那點東西就不夠了。

當然，換了一般的醫生，遇到如此棘手的傷者都會覺得力不從心，那艾東身上傷痕無數，如果不是李傑處理得好，恐怕他也死掉了。

當然艾東的身體也算是不錯，特別是有了老童子的尿，恢復了不少，但再堅強的身體也經不起趙偉的折騰。

他本來醫術就不怎麼樣，此刻又是有心跟李傑爭勝，如果用平常的方法肯定會輸，於是他搞起了自己的一套。

中國的民間有很多偏方、古法！這些都是中華民族五千年來智慧的結晶，很多偏方古法都已經「轉正」成為了閫務中外的藥物，但很多卻依然隱藏在民間。

這其中有好也有壞，有真也有假。中國人家族觀念嚴重，保密觀念嚴重，那古方妙法從來不與人分享，只把他當成一個人的秘密。

趙偉在鄉間行走多年，也見識過不少古老的秘方。他為人有點小聰明，否則也不能混到今天的地步。他知道自己知識少，會看的也就那麼點常見病，所以總是在四處學習。

鄉間古方成為了趙偉的目標，每每遇到難題，他總是能從這些偏方中尋找到答案。這次他依然把希望寄予這裏。

艾東的傷多半是皮肉傷以及骨折，另外他的頭部也有嚴重的損傷，在沒有現代化儀器的情況下是無法判斷的。

但趙偉不管這些，鄉間偏方的好處之一就是簡單，只要大概病症相似，他就可以用藥。一碗湯藥，幾張膏藥就萬事大吉。

趙偉想到這裏笑了笑，鄙夷地看了李傑和于慧仙一眼，心中暗罵：「狗男女，讓你們看看趙大爺的厲害，讓你們知道什麼叫做強中自有強中手！」

在趙偉轉身離開去弄藥物後，于慧仙拉著李傑有些不滿地說：「你在想什麼啊，這傢伙怎麼能這樣呢？雖然我不想讓這個艾東得救，但是也不能讓這個可惡的醫生欺負啊！你快點給我打敗他！」

李傑被于慧仙的孩子氣逗樂了，並沒有說話，隨便找了個凳子坐下：「慢慢看吧，金庸的武俠小說你看過吧！這死胖子全身多處骨折，除非用金庸小說裏的黑玉斷續膏那麼神奇的藥物才行！我就不相信他能治好這傢伙。」

古藥偏方雖然神奇，卻不可能神奇到一副膏藥就能續筋接骨的地步，那黑玉斷續膏也只能是武俠小說中才有的。

其實李傑還是高看了這趙偉一眼，以爲他會弄來什麼珍稀藥材，弄出什麼特效藥來。沒一會兒他就發現自己錯了。

真的錯了，很多人都喜歡以自己的想法來揣摩別人的心思，李傑總是一廂情願地覺得所有醫生都跟他一樣，以治病救人爲己任。

殊不知這社會已經不再那麼單純，一山不容二虎啊，同爲醫生，趙偉怎麼會讓別人騎到他的頭上？

一山不容二虎，除非一公一母。這話說得沒錯，如果是個美女醫生，趙偉或許爲了討好人家做出讓步。換了李傑，趙偉覺得應該拿出他的看家本領！用最古老，最神奇的方法！

屋內的李傑等了好半天，也不見那赤腳醫生趙偉有什麼動靜，耐不住寂寞的他決定出去看看，剛出門，他就有一種感覺，那就是「雷」。

他被趙偉那異想天開的想法給「雷」到了，屋子外面不知道什麼時候架起了一口大鍋，那口鍋其實更像一個浴盆的形狀。

很顯然，這東西不是爲了煮野味而設的，因爲趙偉正在一邊指揮人燒水，自己一邊在分揀藥材。

北方的黑土地孕育了大片的黑森林，白山黑水之間隱藏了不知道多少寶物。藥材山貨在這裏都不算值錢。

大把的藥物扔進了鍋裏，一陣藥物的濃香飄散出來！李傑看得直皺眉頭，他已經猜測到了這個傢伙想要幹什麼！

蒸人療法！李傑覺得這個傢伙肯定是要幹這個！蒸煮其實是有根據的，不過那可是年代久遠的事情，經過長期的發展早已經變成了桑拿浴。

艾東雖然是罪犯，是混蛋，可也是一個人，李傑決定不能讓這個趙偉胡攪蠻纏，用這不成熟的方法實驗性地醫治。

李傑一句話不說，轉身回屋，他決定將這個赤腳醫生的診室變成一個臨時的手術室。泛黃的老舊白大褂，不知道用了多久的口罩，簡單的手術包就是李傑所有的工具。

沒有要助手、沒有護士的手術，只有李傑一個人，外加一個旁觀者于慧仙。

「你出去，不許任何人進入！」李傑的口氣不容置疑。

于慧仙很想看看李傑的手術，但她沒說出口，於是她安慰自己，一會兒看到李傑的勝利和其他人的震怒會更加好玩。

骨科的手術不是李傑的長項。而且這裏設備簡陋，骨科手術很多專用器械都沒有。這註定是一個艱苦的手術。

不過再艱苦也好過把這個傢伙拿出去給人蒸！

「讓開，死了人你能負責麼？」趙偉挺起胸膛，裝出兇狠的樣子，可他對嬌滴滴的于慧仙實在凶不起來。

于慧仙掐著她的小蠻腰，很蠻橫地站在門口，蔑視著趙偉，不屑道：「我的確負不了責，但是讓你進去才會死人。你那口大鍋還是留著燉野豬吧！」

趙偉最恨別人鄙視他，越是自卑的人越是這樣，他氣得臉漲成了豬肝色，但卻拿這個于慧仙沒有辦法。

在這個時候，王大帥狩獵歸來，他們伐木隊的人各個都是打獵高手，東北的深林中又多野味。

這次收獲頗豐，打到了一頭野豬和一隻麅子，外帶一些山雞兔子什麼的，每個人的臉上都洋溢著歡樂。

于慧仙吞了吞口水，其實她挺餓的，那烤地瓜太難吃了，她沒有吃多少！此刻看到了無數的野味，頓時食欲大動。

「老趙，你都準備好鍋了啊！今天又配備了藥材？雖然我們生活艱苦，但也不用總是配藥材來吃，總是這麼大補我們可都受不了了！你可要知道你嫂子不在這裏……」王大帥笑呵呵的說。

趙偉被說得不好意思了，於是趕忙解釋這鍋是用來救人的，並不是做野味用的。蒸人的事情可謂奇聞，活了多年，誰也沒有聽說過這樣的事。

「老趙，別的不說，你有幾斤的分量我可知道！治病救人可不是兒戲，你弄錯了，可就是一條人命！」王大帥摸著下巴說道。

「我怎麼會開玩笑？我是有把握的。不過這小丫頭攔著我不讓進去。」趙偉雖然這麼說，卻誰都能聽出來他底氣不足。

「裏面可進行手術呢！你們要想不死人，就別進去！」于慧仙有些得意，總算逮到機會教訓這個赤腳醫生了。

手術在普通百姓的耳朵裏是件大事，非關係人命的時候不能手術。那艾東上了手術台，在他們看來是要出人命了。

人如果死在了這裏可不好辦，到時候會有員警來調查取證。王大帥有些後悔救了這個人，惹上了這麼多麻煩。

那趙偉則有些幸災樂禍，多虧了自己沒有接手，如果人死在了他這裏，恐怕有很多事。現在他的爭勝心態變成了一種興災樂禍。

「其實這藥物也可以燉肉，吃了大補！」趙偉突然改口，不再說看病的事情。

于慧仙可不知道眼前這些人在想什麼，她對李傑可是有著充分信心的，雖然她對李傑的醫術並不瞭解。

但女人有些時候總是會無條件相信男人，就算他們說的是鬼話。

屋內的李傑正在專心縫合。他累得滿頭大汗。骨折的傷者只需要復位就可以。李傑已經把傷者身上的骨頭給接好了，剩下的他需要做的就是讓艾東清醒。

其實他這個手術有些勉強，李傑不喜歡幹勉強的事情，生性穩重的他沒有百分百的把握是不會幹的。

可對這個艾東，如果李傑不管，他恐怕會死在這裏，雖然他是一個罪犯，可罪不至死！李傑決定把他救活。

手術包裏雖然器械齊全，但眼前的手術太過複雜。骨科手術並不是一柄手術刀就能解決的，李傑用盡渾身解數，卻保不住艾東的那條腿。

「後半生只能當跛子了！」李傑摘掉手套與口罩歎氣道。

李傑不知道外面已經開始享用野味。當他走到門口的時候才聞到那股子藥味。

如果是以前，李傑不會在意。他是西醫，對於中藥並不在乎，但是現在，他的另一個身分是商人。

最近一個多月，他都在研究藥材，雖然是被混合著燉了，可李傑的鼻子很靈，一下辨別出這是他熟悉的藥味。

「靈芝、山參……還真是奢侈啊！」李傑說。

門口的于慧仙覺得今天自己很不淑女，一開始是凶巴巴地攔著人家不讓進去，現在竟然口水都流了出來。

「你終於出來了，我都要餓死了！」

「我出來不出來跟你餓死有什麼關係？」

「有就是有！」于慧仙利用女人的特權，胡攪蠻纏起來。

李傑出門就看到了那口大鍋，他當然知道這口鍋是幹什麼的，卻不知爲什麼現在不蒸人了，開始燉野味。

不過想想，其實無論是燉野豬，還是蒸人，結果都是死，於是李傑也不再追究原因，拉著于慧仙湊上去等吃飯了。

「哎，小李，沒想到你還是個醫生，竟然還是大醫生！可以開刀手術，不知道那個人怎麼樣了？」王大帥此刻變成了屠夫，一手拎著大砍刀，另一隻手拿著已經切下來的豬肉。

「何止是大醫生，他簡直是神醫啊！」趙偉酸溜溜地說。他看到李傑的表情就知道手術成功，如今他這個伐木隊的醫生是沒臉待下去了。

「你們可別誇我，其實趙醫生才是奇人，本來用他的這個蒸人方法也可以，但是我覺得我們吃飯要緊，所以就自作主張地把手術做了！」

李傑的話引來一陣哄笑，那趙偉的臉是一陣紅一陣白，雖然李傑是在誇他，但實際上卻是在貶他。

赤腳醫生當了多年的趙偉臉皮非常厚，他誤診也不是第一次了！於是他咳了兩聲，裝模作樣地說，李傑還年輕，自己已經是中年，老醫生了，就不跟小孩子計較。然後，他又誇獎了李傑醫術高超。

于慧仙被趙偉這傢伙弄得差點笑暈了，要說臉皮厚還真沒有能比得過他的。趙偉也不在乎，繼續留在那裏燉肉……

北方的漢子非常豪爽，喜歡在一起大塊吃肉，大口喝酒，喝到高興處便肩並肩地開始侃大山。

這些漢子並不是酒鬼，他們雖然喜歡喝酒，卻不是遇到誰都喝酒！只有他們真正看得起的人，只有真正的朋友他們才會與之把酒言歡。

李傑與他們接觸的時間不長，但醫生是讓人羨慕的職業，對於醫生，多數人是敬畏，然後就是神秘。

李傑喜歡交朋友，同這些北方直爽的好漢們交朋友的一個方法就是喝酒。作爲醫生，喝酒並不是很好，但剛經歷了生死的李傑卻不在乎了。

一碗一碗的烈酒燃燒著滾入胃中，李傑開始的時候差點把胃底都給吐出來！不過漸漸他適應了，辛辣的白酒變成了激情的助燃劑，李傑甚至扯開他那野狼的嗓子，嚎起了歌。

人喝多了唱歌多數都不好聽，李傑唱得不好也沒有人管了。不過李傑竟然習慣性地唱了很多未來的歌，也就是二十年後的流行歌曲。

李傑自問品味還可以，那些惡俗的歌曲他是不唱的。雖然他唱得不好，但也沒有人追究，反而大家覺得李傑很有才華，竟然會唱這麼多沒聽過的歌曲。

「你唱的我怎麼都沒聽過？」于慧仙拉著李傑問。

「你聽過就怪了……」李傑滿口酒水氣地說，「這些……這些都是還沒公開的呢！」

喝多了的李傑甚至都忘記了隱瞞，他的意思是這些歌曲還沒有寫出來，是未來的人唱的，于慧仙當然想不到李傑是來自於未來。

她理所當然地把這些東西當成了李傑所寫，所謂的未公開，就是還沒有拿出去給歌手們唱！

本來就對李傑有好感的于慧仙此刻更是對李傑另眼相看，這位醫生竟然如此有才華，除了醫術高超，見識不凡以外，竟然可以寫出如此華麗的歌詞。

此刻，在于慧仙眼中，再也沒有人能比得上李傑！一顆芳心不知不覺再也容不下別人！

「乾杯，不醉不歸！」李傑端起酒杯一口喝了個乾淨！

爽快的李傑已經融入了這群伐木工中，雖然是初次認識，但他們卻已經把李傑當成了自己人！

「我說老趙啊！你這蒸肉的那個藥材是哪裏來的啊？品質真是一流啊！」李傑摟著趙偉的肩膀說。

「那你看看，這藥可都是咱家山裏的好東西，大補元氣壯陽呢！你小子有福氣了，一會兒我跟老王說，給你準備個單間，你那小媳婦真是漂亮，嘿嘿……」

趙偉喝多了，李傑也喝多了，但于慧仙卻沒有喝多，她清楚地聽到了趙偉的話，很奇怪，她沒有發脾氣，低著頭，那臉紅得像熟透了的蘋果！

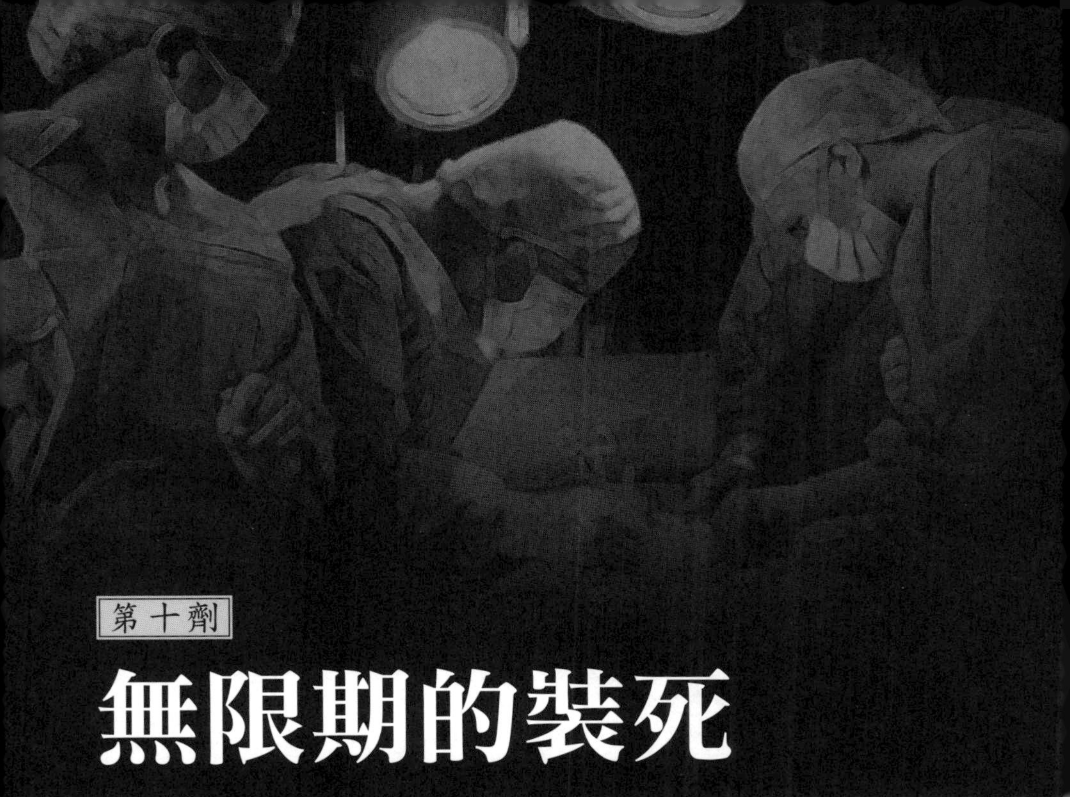

第十劑

# 無限期的裝死

李傑覺得張凱的話有些莫名其妙，聽了半天也沒有弄明白，
只是知道大概意思是自己裝死是要無限期了，而且張璇似乎賴上自己了。
「我沒有那麼偉大，難道我要裝死裝一輩子？
再也不能在這裏出現了？這我可不幹，
我還要孝敬父母，娶妻生子，治病救人呢！」李傑說。
「由不得你了，改革如果能夠順利實行，
這世界上將有千千萬萬的兒子得救，將有千萬對父母得到孝敬，
會有千萬對夫妻可以得幸福。你知道麼？
不是每個人都有機會成為英雄，你不應該退卻，
當一名醫生只能救一個人，成為一個英雄可以拯救千萬的人！」

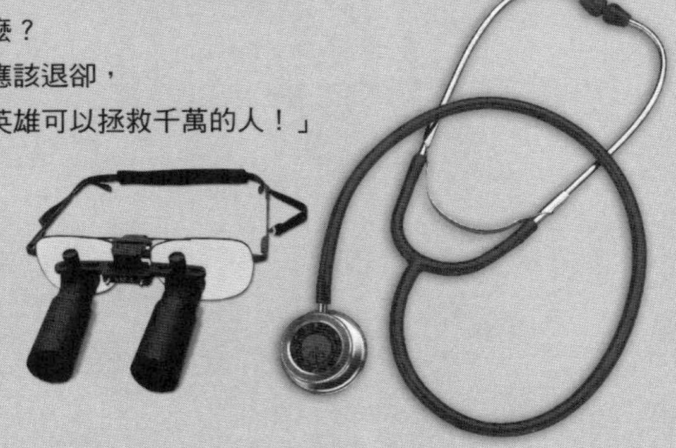

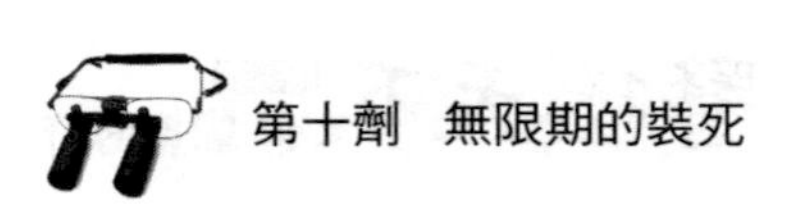

傳說東北特產的大高粱酒，好喝不上頭，李傑醒來的時候，的確並沒有覺得頭痛。昨天他不知道吐了多少次，最後怎麼回來睡覺的都不知道。

他隱約覺得是被人扛回來的，突然他想起來，似乎那赤腳醫生趙偉跟他開玩笑，說的是什麼「新時代的社會，新時代的人，新時代的小倆口，一起不背著人」。

人們喜歡開玩笑，李傑可不是那種害羞的性格，于慧仙卻是不行，她畢竟是一個女人。那雖然是喝多的酒話醉話，女人卻都在乎名聲。

于慧仙其實很想真的跟李傑一起，這個皮膚黝黑的醫生給她的感覺，是她從來沒有體驗過的。

女人喜歡幻想，她們喜歡故事中那傳奇般的愛情，並且幻想著有一天自己能夠遇到那樣的愛情，並且自己就是那個女主角，而不是一個旁觀者。

李傑沒有白馬王子的外貌，也沒有白馬王子的城堡！于慧仙論容貌，論身價地位就算比公主也都是強很多。

可是這個公主中的公主卻喜歡上這個黑皮膚的王子，在他醉酒的時候一直照顧著他，陪伴他到天亮。

李傑揉了揉眼睛，有些不敢相信，自己的身邊竟然還睡著一個人！睡夢中的于慧仙很動人，不可否認，作爲男人，沒有人會對這尤物不動心。

但真正的男人是有理智的，李傑不是二十歲的小夥子，前一世他也算是在感情上經過許多的波折，于慧仙因爲經歷一次生死，而對他產生的情愫他是看得出來的。

正如許多時候，這並不是他所願意看到的，他想要的不是這樣的結果，但是他的性格卻總是改變不了，跟在他身邊的女人總是會不知不覺地對他產生某些情愫。

李傑並不以此爲榮，他這個人對感情有的時候是白癡，有的時候卻是智者。在前一世他縱意花叢，爲的是麻痹自己。

這一世他重新開始，要的是重活一世！李傑不肯再走從前的路，現在他的眼裏只有一個人，也只能有一個人。

李傑歎了口氣，將被子蓋在于慧仙的身上，他知道應該是離開的時候了。伐木場的工人們都是老酒桶。無論喝了多少，第二天都跟沒事的人一樣。

剛剛走出屋子，李傑就聽到了電鋸的聲音，在王大帥的吆喝聲中，一棵百年的老楊木倒下。李傑不好打擾他們的工作，於是坐在一邊靜靜看著。

伐木場砍伐木頭是有計劃的，並不是私人的那種濫砍盜伐。他們在深山中砍伐木材以後，運出去其實是很艱難的，出山完全靠騾子來運，而且只能用騾子，因爲驢力氣太小，馬的耐力又太差。

木材靠騾子出山，人也靠騾子出山！當然不是騎著，牲口的力氣是寶貴的，要用來運木頭，人不過是跟在後面而已。

電鋸的噪雜聲中，于慧仙其實早就醒了。李傑給她蓋被子的時候，她其實就醒了，她一直在裝睡。

女人的心思有的時候很奇怪。明明希望發生一些事情，可真正遇到時害羞也好，害怕也罷，卻又不敢面對。

于慧仙不知道是為什麼，在李傑出去了以後，她靜靜想了一會兒，也跟著出去了，她知道兩個人在一起的時間不多了，今天或許就是離開這裏的時候。

大山中的生活或許非常艱難，被劫持，摔下山崖，每一次經歷都驚險萬分，終生難忘。于慧仙每次回想這些經歷都會害怕，但這恐懼中卻有一絲甜蜜。

她對李傑是有感覺的，但作為女人卻又不知道如何說出口。她感覺李傑對她有些冷淡，似乎有意在拉開距離。

生意場上的精明與智慧在情場上完全沒有作用，于慧仙此刻就是初次戀愛的小女生，彷徨、驚慌、彷彿得了臆想症的病人，總是胡思亂想。

女人的心思有時候很複雜。正如那句老話，女人心，海底針，是無法捉摸、無法把握的。女人的心思有時候又很簡單，在戀愛的時候，她們只想跟喜歡的人在一起，並無他求。

王大帥喜歡看李傑跟于慧仙這對男女在一起的樣子，那讓他感覺到了自己年輕的時候。回憶起當年，他就感覺到幸福。

他本想多留這兩個人待幾天的，可是李傑卻告訴他，準備離開，越快越好！

「你真的決定？這裏雖然什麼也沒有，但卻不愁吃穿，咱們雖然不是多年的哥們，但我卻喜歡你這小子！這一離開卻不知道什麼時候能再見了！」

李傑知道這些東北的漢子都是至情至性的人，他們喜歡交朋友，喜歡用心來交朋友。此刻他有種感覺，其實在這山裏，與世無爭地活下去其實也很好。

沒有勾心鬥角，沒有沒完的責任，李傑突然覺得自己很老，心態很老，沒有了那股子衝勁，那雄心壯志都沒了！

「老王大哥，你放心，我會回來的，我保證一定會來找你們。」

「我也會的，我會跟著他一起回來！」于慧仙插嘴道。李傑瞥了她一眼，皺了皺眉頭，沒有說什麼。

「你們小倆口沒事能回來轉轉就好，我隨時歡迎你們。下午我就安排，你們就跟著送木

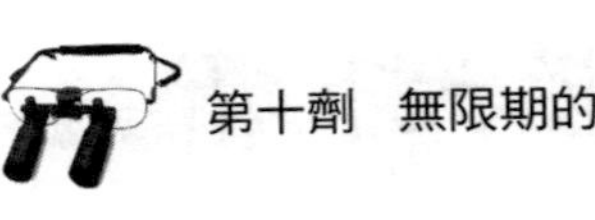


頭的隊伍一起出山！走上二十里路，就有汽車接你們了！」

李傑點了點頭，又跟老王說了一些分別的話語，便準備離開了。他不喜歡分離的場面，離別是痛苦的，雖然他總是在安慰自己，有離別才有歡聚，但那都是自我安慰的話而已。

林中的小路都是人走出來的，伐木隊開到這裏的時間並不是很久，所以那路還沒有踩得很明顯。

馬上要回到都市的生活中去了，李傑似乎感覺不到一丁點的興奮。他有些發愁，那艾東還在病著。

出去了需要通知員警，然後會很麻煩，李傑的中藥之路似乎要斷開一些日子。而且那紅星醫院也有很多事情等著他。

在山林裏待了幾天，外面的世界卻已經變了很多。當走出林子登上汽車的時候，為了打發時間，李傑拿了一份報紙。

當他看到頭版標題的時候，突然愣住了！

于慧仙感覺李傑的表情很奇怪，於是伸過頭來看報紙到底寫了什麼，當她看到標題的時候也笑了。

報紙標題赫然寫著：天才醫生的隕落！一代名醫的死亡！

在報紙上，李傑已經死了！

L市的人或多或少都聽說過益生藥店的年輕老闆李傑，也就是現任經理李英的弟弟。

李傑在L市算是一個傳奇的人物，百姓喜歡誇大事實，李傑的事蹟本來就可以用傳奇來形容，那傳奇的事蹟，在民間形成了眾多版本的傳奇。

有人說李傑其實是中國最大的連鎖藥店的經營者，益生藥店早已經開遍了全中國！有人說李傑暗中掌握了很多醫院，甚至把醫院開到了外國！那紅星醫院就是證據，要不然怎麼會有那麼多的老外？

最荒唐的傳言是，李傑這個中國人征服了美國醫療界，給美國總統治好了不治之症，成爲了美國的上賓！現在美國的中醫館都是李傑名下的企業，種種傳言，五花八門，各種各樣，讓人難以辨別真假。

但是所有傳言最後的故事都是一樣的，人們並不需要辨別，那就是李傑死了，這個人才死了，而且聽說失蹤在連綿不斷的森林中，葬身狼腹！

人們爲了這樣的人英年早逝而傷心，很多人覺得他沒死，因爲沒有看到屍體，山林中狼雖然多，但是不能僅僅憑藉幾件衣服就能說他死於狼腹！

當然更多的人覺得他們這是幻想，這個傳說中的男人死了，大家覺得他沒有死，那是因爲人們不希望一個新星就這樣隕落。

李傑的葬禮很隆重。受惠於紅星醫院的，或者受惠於益生大藥房的患者都在自發悼念李傑，悼念這個醫者仁心的李傑。

L市人口只有四十幾萬，並不是很多，這個城市一直都很平凡，默默無名了很多年！但是在今天，這個城市卻成爲了全國關注的城市。

因爲國家電視台這個收視率最高的電視台竟然報導了這個城市！而且是在黃金檔的新聞中。整個新聞的時間長度每天不超過三十分鐘，然而這個關於L市的報導卻用了差不多十分鐘。

這是在整個新聞節目中前所未有的，就算全國的大會也不過如此。這次報導讓L市成爲了明星城市，讓李傑成爲了全國的名人。很多人覺得可惜，可惜一個好人就這麼死了！可惜這報導只是馬後炮。

李傑在看了報紙以後，並沒有想那麼多，而是感覺報紙有些過分，同時也擔心，父母年紀大了，如果自己真的死了，不知道會對他們有什麼樣的影響。

他決定先去家中看看，讓父母安心！

人生最淒苦的事情莫過於少年喪父親、中年喪子！李傑的母親有心臟病，雖然經過手術已經好了很多，可是卻身體虛弱，不能夠情緒激動。

父親雖然還在幹農活，但是生活的艱辛卻讓這個中年人看起來更像是老人。二老的生活剛因為李傑事業的成功而變好，沒有人忍心破壞他們的生活。

李傑家中唯一知道消息的是李英，這個忙著戀愛結婚的姐姐不相信弟弟會死。因為弟弟在她的眼中就是一個傳奇，那樣聰明的李傑怎麼會死呢？

在沒有見到屍體之前她就是不承認，在不眠不休地等了幾天以後，她終於熬不住病倒了。

江海洋這個半路從醫院辭職的醫生，李傑的半個姐夫在照看著李英。他雖然覺得李傑死了有點不可能，但是事實是，他曾經去過山裏，見過野狼的兇狠。

森林裏的狼雖然沒有草原狼群那麼龐大，卻也兇狠異常，饑餓的時候連老虎、狗熊都敢鬥一鬥。

李傑的父母不知道消息，他的姐姐病倒了，所以作為李傑準姐夫的江海洋臨時負擔了主持李傑葬禮的責任。

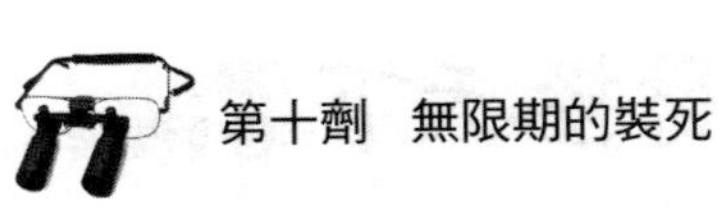

李傑這一死影響甚大，不僅僅是他的家人，那些與他打過交道的人都出席了他的葬禮。受到李傑恩惠的人不少，益生藥房的連鎖店開遍了J省，藥房秉承著治病救人為己任的原則，藥價便宜，童叟無欺。坐診的醫生又個個醫術高明，聖手仁心。

患者們雖然不知道李傑是誰，但聽說是益生藥店的老闆死了，又道聽塗說了很多關於他的事蹟。李傑的事蹟於是被傳得神乎其神，深入災區，捐款救人，國外揚威，甚至發展國內藥物市場……

很多百姓甚至只聽到了有這麼一位好醫生，並沒受到李傑的恩惠，也自發地去悼念他。百姓的要求其實很簡單，他們需要一個好醫生，需要一個為百姓服務的好人。

L市是一個小城市，整個城市才四十萬人口，然而因為李傑的死，很多人不辭辛勞地跑了過來，弄得L市一夜之間人滿為患。

旅店的老闆們並未因此發財，因為他們自發地降低房價，甚至免費為這些人提供住宿。這些人忙壞了L市的市長大人，也忙壞了李傑的準姐夫江海洋。除了這些人，還有一個人在暗中忙碌著。

安德魯這個大胖子得到消息後，第一時間從美國飛了過來，當他看到靈堂的時候才相信這是真的。

胖子給人的感覺總是沒心沒肺，安德魯似乎也是這樣，他在看了李傑的靈堂以後一句話也沒有說！

靜靜地走回去，站在賓館的窗戶那兒待了一天，然後他打了一個電話。這個電話不是打給別人，正是李傑所熟悉的張凱，衛生廳的副廳長，擾人小魔女張璇的爸爸。

「我是安德魯，想找你談談！」安德魯說。

「好的，你在哪裏？」

張凱當然知道安德魯的大名，這傢伙在醫療界太有名氣了！而且他還是華人。雖然出生在美國，擁有美國國籍，但是他的愛國確實有目共睹，眾人皆知。

安德魯隨便說了個小茶館，約定了時間，掛了電話。

窗外烏雲密佈，寒冷的秋雨呼之欲來。似乎是上天也在爲一代名醫的逝去而悲戚。

他想起了自己的助手于若然，於是又拿起了電話。他決定告訴這個女孩，她愛的人已經不在了。

張凱不知道應該是高興還是哀愁好。他主持醫療改革，正是關鍵時候，可是他的改革先

鋒隊員李傑卻竟然死了。

無論從事業的角度來看，還是從感情的角度來看，他都不希望李傑死！甚至他還想過，過幾年等女兒長大了，招李傑當女婿。

這樣就算自己改革失敗，從政壇上跌倒，女兒也可以有個依靠，但是他萬萬想不到這個男人竟然死了。

女兒張璇本來不知道這個消息，張凱也沒有告訴她，可是那天殺的報紙卻報導了這件事。

於是張璇帶著一對哭得和桃子般腫的眼睛登上了汽車，叫嚷著要去見李傑最後一面。張凱當然不會放心，於是狠下心甩了她一巴掌，把她關在房間裏。

張凱認爲，李傑死了，表明了他政治生涯的終結，因爲沒有李傑，沒有人能證明他政治觀點的正確。作爲政客，他失敗了。

張凱是一個負責的官員，他把自己的一生都獻給了自己的工作，甚至他都沒有當好父親，沒有成爲一個好丈夫。

看著女兒的悲傷，張凱決定好好看住張璇。以她的性格，說不定會弄一個殉情自殺。他不能再辜負自己的女兒了。

安德魯是李傑的好朋友，張凱知道，不過他卻算不出這個安德魯找自己有什麼事情。他也想不了那麼多，現在他需要做一下佈置。

北方人不喜歡喝茶，所以幾乎沒有茶館，L市唯一的茶館還是個兼賣咖啡的地方，安德魯雖然不喜歡這裏的環境，卻把這裏定作與張凱見面的地方。

安德魯肥胖的身體佔據了三個人的地方，多虧了茶館是以桌子收費而不是以座位收費，否則他就要享受跟在飛機上同樣的待遇了——買雙份的機票，因爲他太胖，占了兩個人的座位。

安德魯在醫療界是名人，可普通百姓不認識他，百姓們只認識那些吼歌的明星，以及電視上哭哭啼啼的美女與鐵血硬漢。

張凱是坐車從外地趕來的，給足了安德魯面子。他一襲黑風衣，戴著墨鏡，頗有幾分電影中超級英雄的感覺。

「上好的龍井，嘗一嘗吧！」安德魯對剛剛坐下的張凱說。

「哎，北方這樣的小城市又怎麼能有真正上好的龍井？」張凱歎了口氣，低頭品茶。茶香迎面而來，那的確是熟悉的龍井香。茶水入口甘甜，香味持久不散，懂茶的張凱知道自己說錯了，這的確是上好的龍井。

「有些事不能僅憑經驗來判斷，事實無絕對！」安德魯說。

「你話中有話，你想說什麼？難道李傑沒死？」張凱放下茶杯，有些激動地說，從感情上，他李傑不死，女兒會很開心。從事業上，他不想告別自己的政治生涯。

安德魯擺手示意他不要激動，緩緩開口道：「他死了，那現場我雖然沒有去看過，但是那個目擊者是老獵戶，他覺得十有八九是讓狼拖走了。在這大山中，就算沒有被狼吃了，這麼冷的天，堅持這麼久，什麼人也活不下來。」

張凱的眼光黯淡下來，歎了口氣，再也沒有心思喝茶了。

「我們需要面對現實，雖然之前我們並不認識，但我卻對您早有注意！您是改革派的先鋒，而李傑就是您手中的利器！沒有他，您的醫療改革不能實行，也只有他敢在這黑暗的醫療體系中勇往直前。現在您利器已失，看來是要失敗了！但凡事不能憑經驗判斷！」

「您的意思是？我還有機會？」張凱疑問道，就算他不能改變李傑死的事實，但能挽回政治上的失敗也足以讓他激動。

「沒錯，中國人喜歡在某人死後爲其平反，您最近太累了，而且您是局中人，看事情未免片面了！李傑的死造成了巨大的影響，你看看這些悼念他的人，說明了他是多麼得人心！

在C市的紅星醫院，悼念他的人不比這少。你想想看，歷史上有過任何一個醫生擁有如此殊榮麼?現在李傑的事蹟已經被國家最主要的媒體報導，我想您的前途一片光明。」

張凱有些激動地握著拳頭，安德魯說得沒有錯!李傑的死雖然讓他失去了最主要的武器，可是他卻迎來了勝利。醫療改革的壓力主要來自於領導，來自於多年的習慣!如果要改革首先要做出成績，讓上面的領導看到改革的成效，看到改革是可行的。

這一點，李傑已經做到了，他的藥房，他的紅星醫院都是現代經營的典範!其次一點是最簡單的，也是最難的，那就是面子問題。中國歷史上只有過一次成功的商鞅變法，其他的變法全部失敗。中國人是保守的，特別是領導階層非常保守。

當然，領導的責任太大。改革的失敗關係到的不僅僅是個人的榮辱，也關係到國計民生。多數的時候，改革都需要十年二十年，甚至更久。

醫療的改革已經準備了很久，在這方面已經沒有問題，現在剩下的就是一句話!一句領導的話。

誰願意說自己是錯誤的?別人是正確的?

在錯誤面前，人人都不願意承認!領導們好面子，同時也要保證利益關係，但是現在李傑死了，這個駁了人面子的人已經死了。

李傑死了，上面的壓力卻突然沒有了，竟然開始大肆宣傳起李傑的事蹟來。政治嗅覺靈敏的傢伙已經明白了，張凱的改革得到了認同。

唯有張凱這個傢伙，被感情所左右，陷入迷局的他還以爲自己的政治生涯完蛋了。多虧了安德魯提醒他，這位老手才清醒過來。

「多謝提醒，可惜了李傑這個孩子！」張凱歎氣道。

「天妒英才，可憐他醫人無數，卻葬身狼腹！」安德魯喝了口茶，「好了，我走了，李傑的家裏還有事情，作爲朋友，我要去幫忙。另外，我今天找你還有件事情，好好照顧你的女兒，對她說，李傑不是她想像的那麼好的男人。」

張凱答應了一句，看著安德魯那胖胖的身影離開，好半天才反應過來，這傢伙怎麼知道自己女兒的事情？

安德魯此刻很想唱歌來表達一下自己的心情，卻又不知道應該唱什麼好。他有些憤恨，自己如果學的是中文，或許現在能吟誦出幾句酸詞來。

不爲名與利，默默犧牲的人才是真英雄！中國民族英雄很多。抗日戰場、朝鮮戰場、越南戰場，那些無名的英雄們永遠地睡在了異國他鄉。

他們擁有著一名字：烈士！李傑不算是英雄，卻做了一件很英雄的事情，他用自己的死換來了夢寐以求的目標。

生活有時候就是一個玩笑，李傑終生奮鬥的目標不一定能實現，他自己都沒有把握實現！但是現在他死了，這個目標卻如此地接近，甚至是百分百地實現了，那就是醫療的改革。

李傑希望中國人看病不再困難，希望國人有全民的醫療保險，希望將醫院中的黑幕完全地掃清。

張凱年輕的時候是個憤青，老了還是個憤青，他是激進的改革派，比起李傑更加大膽激進，如今他滿腔熱血地奔走於各個部門之間，爲實現理想而努力。

安德魯掏出一支雪茄，深深地吸了一口，然後拿出磚頭般的大哥大撥了一個號碼：「事情辦妥了。那老張挺迷茫的，你還真是個多情的種子啊！」

「行了，別拿我尋開心了！你還要跑一趟那個伐木場。很多人見過我，這個計畫不能有一點的紕漏！」

「行啊，你還真夠嘮叨的！」

「我這叫細心，你趕緊去吧。」李傑說完就掛了電話，突然他覺得有些孤寂。

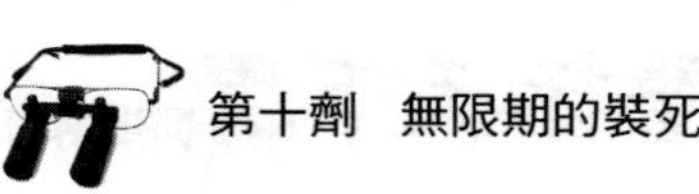

李傑現在不知道自己算是死人還是活人，其實真正的李傑早就死了。他穿越來之前是李文育，不過是李文盲佔據了李傑的身體。但是他卻融入到了這個社會中，融入到了新的生活中。他甚至都忘記了自己前世的生活。

在成爲李傑這幾年的日子裏，他一直都在忙碌，作爲一個醫生在忙碌著。有的時候，他甚至懷疑自己是不是需要這樣的生活。

很多時候，他覺得自己不是喜歡這樣忙碌的生活，但是看到病人的痛苦，他無法置之不理，因爲庸醫的診斷害的人也太多了。

李傑不能坐視不管，當然沒有人指望他能做什麼，李傑也不知道自己能做什麼，他只是在做自己能做的，應該做的。

當他站在醫療改革的風口浪尖上的時候，他沒有退縮，現在，他以死來換取改革，依然沒有退縮。當然他不過是詐死！並不會真正地死！

「真是好玩，你決定什麼時候復活？」于慧仙坐在床上，抱著她新買的玩具熊，笑著說。

「也許永遠不復活，那個你不是也死了麼？快點去復活吧，我想你父親肯定著急了！」李傑說。

「讓他著急去吧，我想通了，我們那企業要想延續下去，就不能搞繼承人制度，該讓老爹再找個經理。」

「不要胡鬧，你要明白，如果這樣隱瞞著身分不出來，你會多麼難受！也許永遠不能跟朋友們見面了！孤獨地活著，難道你不覺很難受麼？」

「那你呢？你不也是麼？」于慧仙站了起來。

「我不一樣！」李傑不敢面對她灼熱的目光，轉過身軀儘量不看她：「我不一樣，你還有生活！而我去哪裏都是一樣的。」

「怎麼能不一樣呢？你一定也怕孤獨的，我陪著你就不孤獨了！」于慧仙走到李傑的身後，終於鼓起了勇氣說出了這些話。

李傑心頭一震，知道這個丫頭終究把話說了出來！這感情是單純的，是寶貴的，李傑是個重感情的人，所以他不能接受于慧仙，也不知道如何拒絕。

于慧仙看到李傑沒有說話，鼓起勇氣從背後抱住了李傑，這是她第一次主動與父親以外的男人如此親密地接觸。那寬闊的肩膀，健壯的身體，以及那股李傑特有的男人的氣息，讓她心醉神迷。

與美女在一起的感覺是美妙的，可李傑不能享受這樣的感覺，他掙扎開了于慧仙的擁抱：「對不起，你需要與艾東一起出現！你是我最好的證明人，證明我死了！如果你不答應，或許我真的會死掉！」

李傑沒有那麼偉大，他當然不會真的去犧牲自己。這次的死所帶來的效果是他沒有想到的。

如果不是安德魯看到了這一點，他恐怕早就跳出來澄清了！也多虧了安德魯，李傑才沒有跳出來，否則這醫療改革肯定過不了領導那一關。

于慧仙沒想到李傑會拒絕她，被李傑甩開雙手以後，她的眼淚奪眶而出：「李傑你是大壞蛋！」

李傑沒有理他，轉身離開了！他不願意與于慧仙多糾纏，同這個女人糾纏得越多，越是搞不清楚自己該怎麼做。

一個女人願意拋棄一切跟自己，那是什麼樣的感覺？李傑很感動，也覺得這是應該珍惜的。

可是石清呢？那是一個自己更應該珍惜的女人！想起石清，李傑又是一陣擔心，在康達藥業主持工作的石清怎麼樣了呢？

于慧仙覺得自己很不爭氣，眼淚怎麼也止不住，心中不斷地罵著李傑這個大壞蛋。作為天之驕女的她什麼時候被別人拒絕過？世界上何時有過自己得不到的東西？

康達藥業是李傑名下的產業之一，主持康達藥業工作的正是李傑朝思暮想的石清，這個年僅三十的女博士，對於李傑來說是與父母一樣重要的人。

可李傑現在卻不能聯繫石清，他不知道當石清聽到了自己的死訊時，會有什麼樣的感覺，會做出什麼樣瘋狂的事情來。

石清聽到了李傑的死訊，的確很難受，做出的事情也很瘋狂。石清連夜趕到了L市。然後跑到了李傑的家中，對著李傑的長輩等人當眾宣佈：「我是李傑的未婚妻，現任康達藥業公司的董事長。」

「多俊的孩子啊！」李傑的母親繞著石清看了一圈。

「咱家小傑有福氣啊，這麼好的姑娘！」李傑的父親說。

石清笑著，笑得很開心，笑得很悲傷……慈祥的、可愛的老人，兩位老人還不知道李傑的死訊。

石清希望能與李傑，與二老生活在一起！一起過幸福的生活，可是李傑竟然這麼走了。

「爸、媽，李傑過兩天就會回來！我現在照顧你們，過兩天我們結婚！還希望您二老成全！」

「好閨女啊，咱家窮，你不嫌棄李傑就好！」李傑的母親說。她對石清是一百個滿意，她還不知道自己的兒子其實很有錢，那康達在石清的帶領下研發出來的藥物已經有人出價百萬美元收購。

在美國的中醫館，不知道多少富翁對此趨之若鶩……

石清突然有種想哭的感覺，她想陪伴兩位老人過幾天快樂的日子，她知道瞞不了幾天，老人就會知道兒子的死訊。

「死人」李傑此刻正在苦惱，都說死後萬事成空，可李傑卻根本就空不下來。事業上他並不苦惱，一個醫生能夠擁有這樣的醫術已經是極限了，前天安德魯還開玩笑似的說，「生命之星」這個全世界最強大的醫生組織，已經決定授予他最佳醫生勳章。

醫生無論醫術如何，能夠得到承認，能夠被人稱爲名醫，稱爲有慈悲之心的人，就會滿足了。李傑看到了那些自發來爲他送行的群眾。

他突然覺得，自己如果死了，事情就都順了。李傑是醫療界的一顆新星，有火箭一般的躥升速度和太陽一般耀眼的光芒。

他實力擴張得太快，還不到二十五歲，頭上卻滿是光環：康達藥業的擁有者、紅星醫院的院長、「生命之星」唯一的中國成員。在美國，李傑又開辦了如此多的中醫館。

另外，李傑在很多醫療界大佬眼中是個危險的人物。從李傑進入醫院的第一天起，這些保守的大佬們就注意到他了。

面對種種潛規則，李傑概不服從，而且是堅決的破壞者，他的所作所為，在那些大佬的眼中有些瘋狂。

他不是為了自己的利益，他也不是投靠任何一方，所作所為完全隨性而為，特別是在開了紅星醫院以後。

紅星醫院所在城市的醫療價格下降了一半，醫療糾紛降到了歷史最低點，紅星醫院醫生們的收入還提高了。

當然這是因為他們家的藥是自產自銷的，比起其他幾家醫院，他的優勢在這裏。李傑天不怕地不怕，行事完全憑著自己的意願。

當然，這麼做觸犯了一些人的利益，但是他挺了過來，他實力擴張太快，缺乏根基，但他也穩住了。

紅星醫院與英達利醫院的合作，讓他擁有了技術與資金，在美國的中醫館讓他有了雄厚的經濟支持。

這些成就，李傑只不過用了幾年的時間，醫療界的大佬們注意到了李傑，作爲李傑官員方面的支持者，張凱趁機請求醫療改革，但是領導卻不批准。

但現在李傑死了，這一切卻都批了下來。

「死了」以後的李傑，躲在屋子裏待了好幾天，現在他真的覺得自己是死人了，這幾天他一直都躲在屋子裏。

根據安德魯的推測，上頭的領導馬上就要點頭放行政策了，張凱的改革現在是最關鍵的時刻。

李傑也希望改革能夠繼續下來，可以實行公費醫療，減少醫院的黑幕，但是他在屋子裏待得實在是難受。於是他戴上墨鏡、大帽子，穿上了立領的風衣，決定出去轉一轉。

其實李傑一直都很擔心父母，老人身體不好，如果知道自己的死訊，恐怕會扛不住。安德魯雖然再三保證不會讓二老知道，但李傑又怎麼能夠放心呢？

即使不能夠以真實身分見到二老，這樣喬裝打扮去看看也好。他絕對信任安德魯，可他不看看就是不能夠安心。

李傑全家都搬到了L市。李傑在這裏給他們買了房子，那還是買門市的時候一起買的。全家住在三樓，陽光充足，通風良好，這是李傑精挑細選的地方，可現在他卻覺得這三樓有點麻煩。

他想看看父母，但又不能如超人一般爬上去。如果他們住在一樓，或許能趴窗戶看看，可現在要怎麼辦呢？

李傑在樓下猶豫了好久，想上去，卻又不知道如何說，如果不上去，又擔心。他猶猶豫豫地來回走了好久，甚至引起保安的注意。

社區的保安還是挺負責的，當穿著風衣戴著帽子與墨鏡的李傑進來時，保安就下意識地握緊了警棍。

李傑的身分是死人，他不想惹麻煩，如果身分暴露了，全盤計畫就都失敗了。李傑狠下心，轉頭離開。

李傑慌忙朝小路跑去，剛轉過一個彎，突然愣住了，因爲他看到了自己朝思暮想的人。

石清剛剛出去買東西歸來，她沒有敢帶著老人一起出去，因爲外面很多人都在談論著李傑的事情。

她爲老人買了很多補品，因爲這事瞞不了多久，總有一天紙包不住火！她變得有些憔悴，蠟黃的臉上是一對熊貓眼，頭髮有些凌亂，她平時很注重儀表，可現在卻怎麼也沒有心情。女爲悅己者容，可人已經死了，又爲誰呢？

李傑看到她的樣子，恨不得立刻抱住她，可是現在身後跟著保安，他又怎麼能？於是李傑一狠心，衝了過去。

相互熟悉的人，聽聲音，看背影，甚至聽腳步聲都能猜測出對方來。李傑雖然做了充分的準備，可是石清還是第一眼就認出他來了。

「李傑？」石清喊了一聲。

李傑覺得自己的心在滴血，自己實在是太對不起她了，如今她的憔悴全是因爲自己！如果不是幫自己打理康達藥業，如果不是自己的死，她應該不會這樣。

她出現在自己家中，那麼代表著她在照顧父母。李傑突然有些感動，自己雖然沒死，可石清卻不知道。

李傑覺得自己從來沒有給過她什麼，甚至沒有承諾過什麼，可是她對自己確實不離不棄，李傑跑著、跑著，突然感覺眼圈有點濕潤。

他不能回答，心裏非常難受，此刻他彷彿發洩一般，跑得更加賣力，彷彿擁有無窮無盡的力量。

石清呆呆望著李傑離去的背影，她能確定那就是李傑。突然，她覺得自己有些傷心，爲什麼李傑要裝死？難道有什麼在瞞著自己？

難道是自己眼花？對於他的思念過於強烈了？石清對此更是傾向於自己的所見，她快步跑回家，撥通了安德魯的電話。

電話嘟嘟嘟地響了幾聲以後，安德魯那懶洋洋的聲音傳了過來。

「喂，是誰？我正在睡覺，不知道麼？」

「我是……李傑的未婚妻，石清！我今天看到李傑了，我想知道你們到底要幹什麼？」

電話另一頭的安德魯的確在睡覺，可是一聽這話，差點嚇得跳起來，石清看到了李傑？那可非同小可，但很快他覺得這不可能。李傑可是待在屋子裏一直都沒有出去！這石清雖然看起來老實，實際上她心機頗多，安德魯可是很清楚這點。

「我知道你很傷心，可能是你對他思念過多看花眼了，你應該休息一下！」

「我不會看錯，我希望他能來見我。」石清說。

電話那頭沉默了一陣，石清隱約聽到女人的聲音，似乎說的還跟李傑有關，又是要死又是要活的。

「你好好休息，先不說了！」安德魯丟下這麼一句話，然後掛了電話。

本來安德魯還想跟石清說說，打消她的戒心，可這回竟然來了一個混世魔王，張璇，這小丫頭被張凱拘禁了，不知道怎麼跑了出來。

「我知道李傑沒事，趕緊把他放出來！否則我就立刻死在你面前！」張璇拿著刀對著自己說。

「小姑奶奶，你饒了我吧，他都是一個死人了，我怎麼放他出來？」安德魯一臉苦相。

「我可偷聽你們的電話了，我知道他沒死！再不承認，我就死在你面前！」張璇向前逼近一步。

安德魯可是老油條，他跟張凱的通話從來都沒有提到過這件事情，所以他就是不承認。

張璇一看這死胖子不肯就範，舉起匕首：「好，今天就是你害死我的！」

那匕首準確無誤地向著心臟的方向刺去，安德魯想要阻攔，已經晚了，鮮血迸發出來，張璇滿臉的痛苦。

「哎！李傑的確沒死，你怎麼這麼傻呢？」

「真的？你承認了！」張璇掏出衣服裏的血袋，拔下伸縮的匕首，一臉狡猾：「你還真不經騙，我爸爸都沒上當！」

安德魯只覺得一暈，李傑的女人怎麼都這麼難對付？

三個女人一台戲，李傑的「死人」生活突然豐富多彩起來，他那寂寞的屋裏現在有三個女人，張璇、石清、于慧仙。

于慧仙本來是要出去復活的，但是安德魯帶了另外兩個女人來以後，她就改變了主意。女人的感覺很靈敏，從石清和張璇進入房門那一刻起，她就聞到了一種味道，情敵的味道，於是打算復活的她也決定不走了。

剛見到李傑的那一刻，石清還能保持冷靜，雖然哭得一塌糊塗，卻也沒有像張璇一樣撲到李傑的懷裏。

于慧仙看到這兩個女人的時候，她知道這兩個人都愛著李傑，兩個人都是她的情敵，威脅最大的就是石清。

按照一般的想法，張璇似乎與李傑更親密一些，一下子就撲到了他的懷裏，可是于慧仙冰雪聰明，卻看出了李傑的心思。

李傑一直在看著石清，雖然一句話也沒有說，但是那眼神已經說明了一切，石清才是最大的情敵。

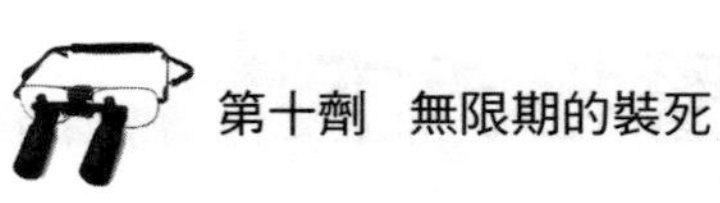

那一眼已經說明了一切，再多的語言，再多的一切一切，也抵不了這一眼。于慧仙有些惱怒，論容貌，論地位，自己的一切都是最好的。

不可否認，石清和張璇都很漂亮，各有各的味道，但是論容貌只能是漂亮，于慧仙的容貌比起她們更是要好很多。論身分地位，她更是優越，而且在于慧仙眼中，李傑與她同生共死過，不管他出於什麼目的，那深山中的一天一夜都是極其難忘的經歷。

李傑除了有些感動以外，還有些茫然，至誠至真的感情讓他不知如何處理。眼前自己的假死還沒有結果，他實在是沒有心情處理這複雜的男女關係。

「嗯，李傑你們先聊，我還有事情先出去了！」安德魯說完就跑了，他有點心虛，畢竟這事是他惹出來的。

「哎，我知道你會見到我爸爸，你別說見到我了。」張璇說。

「你是偷偷跑出來的？你不回去怎麼辦？誰照顧你？住在哪裏？」李傑把她從自己的懷裏推開，很嚴肅地問。

「當然跟你在一起了！」張璇坐在床上，「這位漂亮的姐姐就是報導中的那位于慧仙姐姐吧。很多報紙上都寫你們兩個人的故事呢！」

于慧仙俏臉一紅，並沒有說話。

尷尬了一番以後，李傑便開始解釋自己爲什麼要裝死，然後又開始道歉。這過程讓他感覺非常難受。

「都是我爸爸的錯，如果不是弄什麼改革，你也不會這樣了！」張璇說。

「不，這也是張凱叔他偶然發現的。誰也沒有想到，我們爲之奮鬥的竟然只是上面領導的一句話。誰也想不到，我如果死了，領導竟然會鬆開金口，讓這政策得以放行，如果我早知道的話，肯定會早一點死！」

「好了好了，別裝大義了，你沒事就好，你可知道我是多麼擔心麼？」張璇那可愛的眼睛泛著淚花，惹人憐愛。

石清總是不說話，可李傑對她的關注卻比張璇更多。于慧仙站在一旁有些生氣，她有些惱怒李傑對她的態度，她甚至感覺被忽略了。

在李傑與三個女人糾纏不清的時候，另一方卻開始一場與李傑關係莫大的戰爭。張凱爲首的改革派在上頭領導的首肯下，開始了對醫療界保守的頑固派發動了猛攻。

這個月正好臨近年終總結，張凱借著這個機會，開始對這一年的工作做出嚴厲的批評，矛頭直接指向了正掌權的保守頑固分子們。他們早就感覺到了這場戰爭，知道張凱會借著李傑死亡，領導態度的轉變而發動進攻。

雖然失去大領導的支持，可百足之蟲死而不僵，更何況他們的身家利益與現有的制度息息相關，如果改革，就是斷了他們的財路，沒有人支持張凱的改革。

「改革刻不容緩，如今我們的國家有能力，更有義務為百姓做出點貢獻。我希望大家能夠看看，在一些試點醫院所做的試點工程，無一例外地都取得了成功！」張凱慷慨激揚地說著，在座的老人們昏昏欲睡，沒有一個在聽。

「小張啊，你要知道，我們這個規矩是不能變的，我們國家還窮，我們國家還處於社會主義……」

張凱有些鬱悶，每當他提出改革，這群傢伙就拿那些大道理，拿那些爛得不能再爛的東西出來說教。張凱非常想罵人，用一口京腔的罵人話噴死這群傢伙！但他是政府官員，不是流氓地痞。

張凱用眼角的餘光看了一眼閉目養神的頂頭上司。那是位五十多歲的中年人，只比張凱大兩歲，卻早在十年前就爬上了這個位置。

他叫劉檳，為人沉穩，深諳職場規則，從來不冒險。他啓用張凱是想再搏一次，希望能夠高升一級，煥發職業第二春。

雖然他有野心，但頭腦還清醒得很，眼下多數人是自己的老部下，跟隨自己快要十年了，他們是守舊勢力的代表，同張凱的爭鬥非常激烈。

劉檳算是官員中的異類，他重視社會地位，希望高升，但是他也非常重視感情。改革派張凱以及他的開路先鋒李傑，給劉檳的老部下老兄弟們帶來了前所未有的衝擊。為此，不知道有多少人去劉檳面前訴苦，為此，劉檳只是打壓著張凱，同時不扶植李傑，可是他卻不知道，李傑這小子竟然自己單幹，而且混得風生水起。

這一次是大大地讓他沒有面子。本來劉檳對張凱的打壓非常有限，他還打算等過一段時間再提出改革的事情，然後一手扶植張凱上前台，主持關於醫療改革的工作，如果幹得好了，劉檳就有機會煥發官場生涯第二春，很可能高升一步。

但李傑幹得實在太好，工作得實在太激進，那紅星醫院的政策把其他競爭醫院幾乎逼迫得無法生存。

在劉檳面前哭訴的太多，當然這不是問題，最大的問題是他的面子。一個沒有劉檳扶植的傢伙，竟然幹起來了。

張凱雖然依舊謙卑，但在劉檳看來，張凱個人勢力不小，李傑的躥升絕對有他的扶植。當然，作為領導不會與屬下爭功，他不是不能容賢才的庸人。

甚至他更加看好張凱，而且他想提拔張凱，可是最大的問題是李傑，這個傢伙讓自己太沒有面子，而且自己也沒有藉口向老屬下們交代！

劉檳重感情，他不希望這些老屬下們成爲自己改革第一批倒下的人，不希望他們死在自己的屠刀下。

一直到李傑死了，劉檳才感覺到，自己的面子方面算過得去了。他那激進的改革都是過去的事情了，無論他得罪了多少人，都沒有關係了。

人死了，沒有人會再追究。同時劉檳還感覺到，如果要改革，現在不抓緊時間，以後就沒有機會了。

他看到了李傑改革的背後有多少民眾的支持，有多少有良知的媒體在大肆報導。他知道此次抓住機會，不僅僅官位會高升一級，甚至可能進入權力的巔峰。

此刻對於劉檳來說，是一生中最重要的時刻。

感情與利益！劉檳選擇了後者，他決定全力支持張凱！

張凱看到大領導劉檳給了自己一個支持的暗號後，決定發起最後的攻擊！

張凱現在很得意，他終於把對手踩在了腳下。在衛生廳廳長劉檳的支持下，他成功地擊敗了所有的對手。

雖然他的職務是副廳長，僅次於廳長的權力，而且按廳裏安排，廳長其實基本不做什麼具體工作，而張凱是主持日常工作的。可是這個真正工作的副手卻一直都幹不了什麼，即使有權力也無法實施。

因爲他是後來的，這裏早已經形成了一個集團。他工作時，大多會遇到很多掣肘。現在好了！一把手點頭支持，張凱有機會大展拳腳，一展所長了！

不過這代價也是慘重的，張凱不得不做出讓步，不得不屈服。激進派的張凱改革得非常徹底，幾乎取消了所有的不平等，幾乎所有的方向都是向著百姓的。

劉檳對張凱的評價只有一個字：嫩。

爲什麼說他嫩？因爲他幹得太徹底，中國人講究中庸，凡事不能做得太絕。張凱太激進，觸犯了職場的大忌。

劉檳欣賞的就是張凱的激進，年近五十了卻還有年輕人的那股子勁頭。激進是柄雙刃劍，傷人又傷己。

張凱如果日後失敗，這激進也是最大的原因。現在的張凱跟劉檳是一條船上的人，劉檳跟張凱約法三章，這是保全他，也是保全自己。

這約法三章是：首先，重大決定必須通過自己，其他的，張凱可以自己去幹。這當然沒

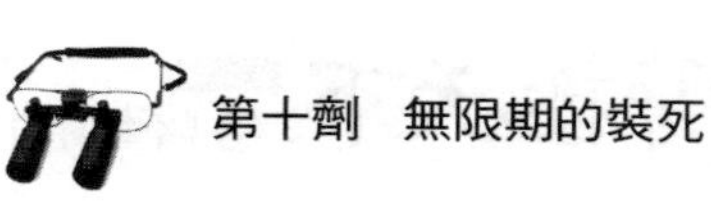


有問題，張凱並不想奪權，他只是想實現理想。當然，實現理想以後，那報酬也是豐厚的。

其次，處理那些反對者不要留情，需要雷霆手段，趕盡殺絕。這一點更是沒有問題，張凱為人正直，但不代表他心慈面善，任何阻攔他的人都不會有好下場。

最後，改革方面的計畫需要重新制定，雖然改革需要犧牲很多人，但不能犧牲所有人。眼前張凱制定的改革方案多半是李傑的方案，醫療保險制度，醫藥分離制度，高薪養廉等等都是。

這些會要了那些老醫院的命，眾多的藥商將失去巨大的利益。一些藥物器材商人會失利很多，少數醫生將沒有紅包收入。

可這些都是一小部分人，藥商多數是希望能夠直接向醫院供貨的，這樣少了很多中間商的剝削。

可是劉檳不那麼認為。他的改革是有限的，是溫和的。張凱有些失落，但對此並不怎麼在乎，改革只要邁開了第一步，那麼未來將好走得多。溫和地改革，殘酷地打壓。劉檳給了張凱這樣一句話。

這打壓的是所有反對者，但有一個人是例外，那就是李傑，他卻是被打壓的支持者。

擺在張凱面前的是一道坎：遵從上級命令還是遵從自己的理想與道義。擺在他面前的同樣是一個考試：劉檳想知道這個傢伙是不是忠心，是不是可造之材！如果張凱幹得好，自己離任以後，下一任廳長就是他。

李傑變成了宅男，一個幸福的宅男，身邊三個美女環繞。她們爲了他這個不太帥的男人爭風吃醋。

「來吃飯了，我餵你！」張璇舀了一勺粥，櫻桃小口吹了吹，然後遞到李傑的嘴邊。

「吃點菜！」于慧仙夾了菜，同樣地吹了吹，遞到李傑嘴邊。

石清沒有跟兩位小妹妹爭風吃醋，她很是賢慧地做了飯，摘下圍裙笑呵呵地看著。李傑突然覺得，石清當妻子，這兩個當小妾。那將是神仙一樣的生活。他現在只是想，如果重生在古代，那該有多好。美女環繞，自己憑藉醫術也可以取得更大的成就。

在他意淫的時候，敲門聲打斷了美好的生活。

張璇那勺粥停在了半空中，再也沒有進到李傑的嘴巴裏。因爲來的人是張凱，張璇的老爸。

「李傑，我有事情跟你說，出來一下。」張凱的語氣冷冰冰的。

「爸，你要幹什麼？」張璇緊張道。

道。

李傑站了起來，示意張璇不要管，然後跟著他出去了，頗有點壯士一去兮不復還的味

其實李傑也沒幹什麼，當然敢跟他去，張璇又不是他拐來的，自己跟張璇又沒有發生什麼超友誼關係。

一老一小兩個人走出房間，如果在街上看到這樣的兩個人，多數人都會覺得這不過是一對普通的父子。

誰也不會想到，他們兩個人是推動醫療改革的先鋒。無論爲了什麼目的，兩個人都付出了很多。

「你喜歡張璇麼？」張凱問。

「恐怕你今天來的目的不是這個，是別的什麼問題吧！」李傑說。

「沒錯。我本來是要告訴你，我們的計畫成功了大半，但是你要犧牲很多。本來我做好了計畫，但是現在我改變主意了。」

「其實我喜歡石清更多，如果我選擇，我會毫不猶豫地選擇石清！」李傑扶著陽台的欄杆，俯身看著街道上來來往往的人群：「千萬不要因爲感情而改變了你的判斷。」

「哈哈哈，你小子還算坦誠，我也看出來了！你肯定會選擇石清！」張凱掏出一支煙，

深深地吸了一口：「我老了，就這麼一個孩子，本來還打算讓她養老送終，但是這孩子跟她媽一樣，死心眼。看準的事情不會回頭，這輩子註定要跟定你。我希望你能善待她。」

「可是？我又怎麼能同時給兩個人幸福，您要知道我不會放棄自己的選擇！」

「你不要激動，怎麼處理是你的事情，我不會逼你！」張凱將煙彈開，燃了一半的煙頭翻滾著從樓上墜落：「你覺得自己還能回頭麼？你已經死了！」

「你的意思我不明白！」李傑搖頭道。

「你知道麼？政治不是想像的那麼簡單，你既然死了，以這個代價來讓上頭開口時，你就走上了不歸的道路。我其實利用了你，我早就看到了這點。但是我不忍心，我知道張璇只喜歡你一個人。如果說你死了，她會傷心一輩子。如果她知道實情，恐怕也會跟著你過一輩子的隱居生活。我的女兒我最瞭解，李傑你這人看似胸無大志，但我知道你不是那種甘於平凡的人，但是現在你必須平凡，甚至隱姓埋名，我對不起你，也對不起張璇。」

李傑覺得張凱的話有些莫名其妙，聽了半天也沒有弄明白，只是知道大概意思是自己裝死是要無限期了，而且張璇似乎賴上自己了。

「我沒有那麼偉大，難道我要裝死裝一輩子？再也不能在這裏出現了？這我可不幹，我還要孝敬父母，娶妻生子，治病救人呢！」李傑說。

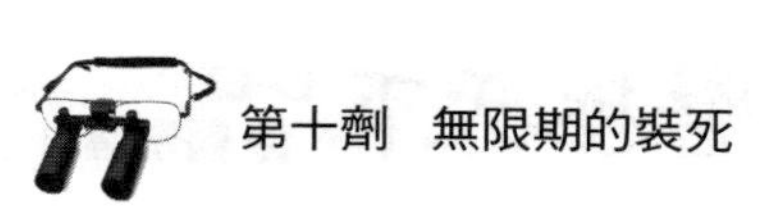

「由不得你了，改革如果能夠順利實行，這世界上將有千千萬萬的兒子得救，將有千萬對父母得到孝敬，會有千萬對夫妻可以得幸福。你知道麼？不是每個人都有機會成爲英雄，你不應該退卻，當一名醫生只能救一個人，成爲一個英雄可以拯救千萬的人！」

面對著張凱期盼的目光，李傑沒有回答，他有些寒心，安德魯似乎在騙他，張凱也在騙他。

李傑其實當時沒有想那麼多，他只是覺得促成醫療改革是正確的。如果自己想復活就可以復活。

可是沒有想到竟然會發生這樣的事情，他覺得張凱跟安德魯算計了自己，自己聰明一世卻糊塗一時。

「不要惱怒，你失去了事業，我失去了女兒！安德魯那個傢伙並不知道這些，他不過是一個學者，不是政客。」張凱說。

李傑並不是害怕犧牲，其實他在山中的那段日子，就覺得與世無爭也很好。比起每日來回操勞，要好很多。如果自己隱居，結婚生子孝敬老人，未嘗也不是好事！可是他就是有點不甘心，創下的偌大基業就這麼沒有了。

如果過著隱居的生活，那石清真會願意麼？真的會覺得幸福麼？李傑在猶豫，英雄的稱號他無所謂，他想到的是更多的。

「改革如果真的可行，我願意犧牲！」李傑下定決心，「或許我說的有些偉大了點！其實我早就想過平凡的生活了，這還需要你安排一下。我決定出國，去美國吧！我在那兒還有幾家中醫館，在那裏沒有人認識我，我可以隱姓埋名地換個身分。至於我的家人也要靠你幫忙！移民對我來說很難，但對你卻簡單得很吧！」

張凱本來想多給李傑幾天考慮的時間，卻沒有想到他這麼容易就答應了。英雄是讓人來敬仰的，卻不是能輕鬆做的。這點張凱很明白。

李傑離開了熱愛的故鄉，遠走異國，那種痛苦是難以說明的，特別是他年紀輕輕卻事業有成，前途不可限量。

「哎，看來我以後要見到你就難了！好好照顧張璇，明白麼？」張凱拍著李傑的肩膀。李傑點了點頭，他剛要回答，卻聽到張璇的聲音。

「爸爸，對不起！」張璇哭得很傷心，原來她一直都躲在門後面，將兩個人的對話全都聽了去。不僅僅是她，還有石清和于慧仙也在門後。

石清從來沒有聽李傑說過什麼肉麻的話，甚至一句承諾都沒有！但是此刻卻聽到了他的真心話，這讓她很欣慰。

于慧仙還是有些生氣，卻不放棄，她這一輩子難得喜歡上一個人。如果放他跑了，豈不是可惜？甚至她還想，自己反正是死人的身分，他就算再多娶一個，自己也不算什麼，反正沒有人知道。

「孩子，你長大了，有自己的選擇！我們又不是生離死別，你哭什麼，以後對李傑可不要像對你父親這樣啊！」張凱摸著女兒的頭髮。其實他捨不得張璇，特別擔心她受委屈。這個女兒嬌生慣養，沒吃過苦，沒受過罪。

她鐵了心跟李傑，張凱也沒有辦法，他知道李傑對石清的感情，如果她們在一塊兒，恐怕會有很多煩惱。

讓女兒跟在自己的身邊，是張凱最大的願望。可這最大的願望卻要由女兒來決定。

「爸爸，對不起……」張璇說出對不起的時候，張凱就死心了。李傑犧牲了事業，自己犧牲了女兒。

兩個人都是失敗者，同時也是成功者，他們的成功是實行了改革，完成了偌大的心願，收獲卻只是做個無名英雄。

老式的擺鐘連響了十二聲，新的一天來臨了。

李傑從張凱走了以後一直在靜坐。他彷彿變成了雕像，一句話也不說。三個女人則陪著他，誰也沒有離開的意思。

「說句話吧，你在想什麼？」張璇雙手拄著臉，撅起小嘴說。

「我在想，我是不是有活下去的必要！如果沒有了我，或許只有我的父母、姐姐弟弟會傷心。」

「誰說的，你這個大醫生如果沒有了，很多患者會傷心！」張璇說。

「如果你就這麼消失了，真正受傷的只有你的父母。二老很想念你，我想你應該見見他們或者帶他們一起走。」石清還是最瞭解李傑的人，她知道李傑說的死，是永遠不再出現的意思。

「別說那麼遠的，我們去哪裏呢？」于慧仙說。

「小姐，是我們，不包括你，你快點回家去！」李傑擺手道。

于慧仙立刻站了起來，氣呼呼指著李傑：「你別太欺負人了！」她說著眼淚流了下來，弄得李傑呆住了。

這個女人不知道何時也在自己心中佔據了一個位置，或許是在山崖下，或許是在林場中。她付出的不比別人少，要知道她也是在假死，這樣一來，她可是什麼都沒有了！

「我對不起你們，你們都要考慮好，我可是什麼都沒有，就連人都不是完整的，你們可有三個人。」

李傑剛剛說完，卻發現這三個女人已經開始研究去哪裏了！

「美國，美國富裕，還有中醫館在那裏，華人也多，怎麼樣？」張璇說。

「歐洲，歐洲好玩啊！我們帶著李傑的父母，不對，是我們的父母，一起去玩！咱們家資產很多的，康達藥業、紅星醫院……」

「阿拉伯吧！我聽說那裏一夫多妻制度……」于慧仙紅著臉說。

李傑突然發現一向精明的自己竟然變得連連被算計，這幾個女人似乎早就串通好了，竟然已經勾結成了一夥兒。

「我們決定了，周遊世界！」三個女人轉過頭異口同聲道。

三個嬌滴滴的美女自以爲得計，正開心地笑著，卻不知道李傑這傢伙竟然在她們轉過頭的一瞬間，在每個人的小嘴上都親了一口。

「哎，別生氣，周遊世界之前，我已經獻出了我的初吻，你們誰要我初夜？」李傑突然恢復了花花公子的油嘴滑舌。

三人本來還在爲那一吻而害羞，一聽到這話，嚇得統統作勢要逃走。

「周遊世界的時間還長，你們都是跑不掉的！」李傑笑呵呵地說。

看著自己身邊的三個女人，李傑突然有種感覺，當一個英雄也是不錯的，雖然是個無名英雄，雖然失去了很多東西。但是他卻得到了別人得不到的，如果能夠每天都有這樣的生活，還有什麼更多的要求呢？

有一個記者，非常喜歡旅遊，他幾乎走遍了這個世界所有的地方。他發現有一件奇怪的事情：在很多國家與地區，都有人跟他說，有一個中國醫生，身邊跟著三個漂亮的助手，有的時候還有兩位老人。那是一位神奇的醫生，他有近乎於神的醫術，任何病都難不倒他。

記者覺得這是傳言，可是傳言卻越來越多，幾乎遍佈全球，因此他靜下心來，開始記錄這個神奇醫生的事蹟。

在美國的時候，他發現傳言變了，中國醫生身邊的女人變成了四個，而且還多了幾個孩子，根據描述，記者知道，多出來的那個女人大有來頭。

她的名字叫于若然。于若然這個名字可不簡單，她師從基因專家安德魯！

記者調查于若然的過去，希望能夠找到這個醫生的蛛絲馬跡。隨後他驚訝地發現了一個名字，那是一個讓人激動的名字：李傑！

在他死後的第十年，時任衛生廳廳長的張凱在談到醫療改革時，曾經說過，李傑是對國家醫療改革做出最大貢獻的人。

當時人們隱隱約約記得五年前那場聲勢浩大的紀念活動，卻沒有人想到李傑與張凱有什麼關係，與醫療改革有什麼關係。

而且張凱竟然如此推崇他，甚至評價他：爲醫者有父母心，爲聖人以慈悲懷。他稱他爲醫聖。

這位記者大膽地猜測，這位醫聖沒死，那流傳在世界各地的神醫傳奇就是關於他的。但是當他繼續追蹤下去的時候，卻發現線索到此中斷了。

他知道，是那位醫聖知道了自己的存在，於是他也不追查了，他決心寫個故事，以自己的見聞爲藍本，寫一個關於這個醫聖的故事。

那定將是一個讓人嚮往的故事，一位神醫，攜著父母、兒女周遊世界，行醫施善……

我是一名婦科醫生。

每天，我都會接觸到女人那些難以啟齒的病痛，我的職責便是為她們解除痛苦。

假如我看她們的笑話，出賣她們的隱私，將她們的病痛當做閒聊話題，我就是個毫無廉恥的卑鄙小人。

我總認為女人比我們男人乾淨，她們不像我們男人，為了競爭爾虞我詐，用心計、耍手腕，她們心地善良單純，我因此本能地對她們產生憐愛。

我覺得女人真是一種奇怪的動物，她們有時候很難讓人理解。

女人的情感，就彷彿是天上飄著的一片雲，來無影去無蹤。

有時候你會覺得她們很變態，真的，她們固執起來的時候真的很變態。

說到底，男人或許是一種極端自私的動物，在他們眼中，只有獵物，沒有女人。

於是，許許多多說不清道不明、不便說也不能說的事情發生了。

而我只能將一切藏在心中，或者，寫入我的筆記……

——馮笑手記

妻子對我挑選西瓜的本事佩服得五體投地——只需要用手在西瓜的表面輕輕一拍，然後就知道哪個最好，「這西瓜不錯，只有一公分左右的皮厚。」

起初妻子不相信的，抱回家劃開一看，果然如此：皮薄，瓤紅，取出一小坨嘗一下，甜到心裏面去了。

我不在的時候，妻子也去選，回家後總是發現西瓜還是生的，皮厚不說，吃起來也幾乎感覺不到西瓜的味道。

妻子在佩服之餘，便開始好奇起來，「你怎麼做到的？」

我淡淡地笑，「我是醫生，手上有感覺。」

她還是不明白，「什麼樣的感覺？怎麼我沒有？」

於是我笑，「我們經常要給病人做檢查，總不可能都用儀器去檢查吧？比如，我們每天都要做的一樣檢查，就是在體外叩診病人心臟的大小。選西瓜的原理是一樣的，當我輕輕拍打西瓜表面的時候，就可以清楚地感覺到西瓜皮與它裏面的內瓤之間的界限。這其實是一種感覺。」

妻子更加好奇，從此在家裏、在菜市場裏面見到什麼拍什麼。可是，她選出來的西瓜依然是半生不熟的。

她更加佩服我了。我卻不以爲然，「我可是經過專業訓練的，要知道，叩診可是一名醫生需要掌握的最起碼的技術。」

她這才罷了，從此不去西瓜攤。

我是一名醫生。

因爲自己的職業，婚姻一直是我面臨的老大難問題，幸好她，趙夢蕾，我的這位中學同學，她不計較我的職業，於是她成了我現在的妻子。

而現在，我卻成了廣大婦女同胞喜歡的人。因爲我是一名婦產科醫生。

所以我時常感歎：這世界就是如此的不公平，就如同金錢一樣，擁有的越多，反而會越心慌。

第一次看到女人的身體是在讀高一的時候，我一個男同學家裏。

那是在我讀高一的時候。我與班上的歐陽童是好朋友，他姓歐，並不是複姓歐陽，也許是他父親對複姓有著莫名其妙的喜好，也許是無意中把他的名字取成了這個樣子，使得很多人都以爲他是歐陽家的。

那是一個星期天，我去歐陽童家裏找他玩。剛剛進他家的門就忽然感受到了一種悲愴的氣氛，這種氣氛在他的家裏厚重地彌漫著，以至於在他打開門的那一瞬間我就感覺到了它的撲面而來。他的面色凝重，眼角還有淚痕。

「怎麼啦？」我大感詫異。

「我奶奶去世了。」他用低沉的聲音回答我。

那一刻，我的心情頓時也沉重了起來。他奶奶我認識的，是一位很有風度的老太太，滿頭白髮，皮膚紅潤如同嬰兒般。每次她看見我的時候都是慈眉善目的，讓人覺得很溫暖。

歐陽童的話讓我震驚萬分，因爲我沒有想到一個人的生命竟然會像他奶奶一樣的在瞬間消逝。

「我去看看她。」我說了一句後就朝他家裏面跑去。我知道他奶奶的那個房間。

「你別去！」耳邊聽到歐陽童在叫我，但是我卻忽然石化在了他奶奶房間的門口處。因爲我被自己眼前的場景驚呆了——

我看見，歐陽童的奶奶赤身裸體地躺在床上，而歐陽童的媽媽正用一張毛巾替她揩拭身體！

我只看見了一眼，因爲歐陽童跑過來拉開了我。然而，那一眼卻深深地印入了我的腦海中，雪白，還有那一抹讓人驚奇的黑色。

第一次看見女人那個部位的那一抹黑色，心裏頓時震顫莫名——原來女人和男人是一樣的！

我可以發誓，當時我沒有任何的淫邪思想。真的。

有的只是震撼和驚奇。

原來女人是那樣的。

然而，我沒有想到自己後來會選擇醫學專業。準確地講，我後來的專業並不是自己選擇的，而是我叔叔的安排，因爲他是醫生，而且是縣人民醫院的院長。對此，我恨了他好多年，因爲他自己的兒子去考了工學院。而叔叔讓我填報醫學院的理由卻是：他的那些醫學書籍和筆記需要有人繼承。

我的父母都是縣政府的一般員工，他們當然得聽叔叔的話了。由此，我的後半生就這樣被他們安排了下來。

大學畢業前我決定考研究生，這次的專業依然是叔叔替我安排的，因爲他一位同學是江南醫科大學附屬醫院婦產科的碩士生導師。

「你的成績考研究所可能有些問題，只有我那同學特招你才有機會。」當時，叔叔這樣對我說。

我答應了。這是一種無奈的選擇。

其實，在我大學三年級的時候就不再恨我的叔叔了，因爲我感受到了醫學的樂趣，還有醫學專業的崇高。作爲醫學生，救死扶傷當然成爲了我崇高的理想。

那時候，我很純潔。後來，我的內心不再把自己的專業提升到那樣的高度，因爲我逐漸意識到了一點，醫生這個職業與其他職業一樣，僅僅是一種謀生的手段罷了。

在那個年代，研究所是很難考上的，我卻因爲有了那樣一層關係而被特殊地錄取了，當然，我的考試成績並不是很差，僅僅是外語差了兩分而已。後來，也是因爲這種關係我得以留在了附屬醫院裏面，然後成爲了一名正式的婦產科醫生。

腦海裏那天在歐陽童家裏看到的情景，伴隨我度過了整個高中時代。

每當我看到班上的女同學、學校的女老師們的時候，腦子裏總會不自禁地浮現出那一抹黑色，我發現，女人對於我來講更加地神秘。

那時候我經常這樣想：也許自己當時沒有看到那一幕的話，或許不會時常去想像女人的那種神秘，因爲歐陽童奶奶的那一抹黑色已經深深地浸入到了我記憶的深處。如果沒有那天的經歷，女人在我眼裏就僅僅是女人，只是女人的概念，而沒有她們具體的身體形象。

我的內心知道，是歐陽童奶奶的那一抹黑色，喚醒了我性的意識。

趙夢蕾是我們班上最漂亮的女同學。她的漂亮完全是一種自然的美，因爲她非常樸素，總是穿著一條咖啡色的褲子還有一件淡綠色的外套，一周也難得換一次。至於她其他的衣服我卻都不記得了，腦子裏面只有她的咖啡色與淡綠色，我覺得她穿這一套衣服的時候最好看。她的漂亮主要還是因爲她肌膚的白皙，而淡綠色更加襯托出了她的美麗。

我的目光時常停留在她的身上，不管是上課還是在放學的路上。

她走路是很慢的，而總是喜歡與我同行的歐陽童卻是一個急性子，每當放學的時候他總是快速地朝前跨動他的雙腿。

「別走那麼快好不好？我叔叔說，走快了對身體不好。」自從我發現了趙夢蕾的美麗後，便改變了自己跟隨歐陽童快步走路的習慣，並找到了一個充分的理由去說服他。

歐陽童卻無法改變他的習慣，於是，從此我們倆不再同行。

也因此，我開始了暗戀趙夢蕾的美好而痛苦的日子。每當放學後，就緩緩地跟在她的身後，她在我前方曼妙地移動她的身軀，留下一種美好與甜蜜在我心靈的深處。

我還慢慢地掌握了她上學的時間，於是總是在那時候從家裏出發，然後去跟在她的身後。

就這樣，我跟了她整整兩年，而心靈深處對她的愛戀卻深深地埋藏在我的心底。

讓我非常奇怪的是，在自己跟在她身後的過程中，我腦海裏從來沒有浮現過那一抹黑色。後來我明白了，那時候的自己是多麼的純潔。

愛情，這種傳說中的東西曾經給予了我多麼美好的記憶。

然而，高中畢業後，她卻完全地淡出了我的視線，因爲她考到了北京的一所院校，而我卻進入了江南醫學院。即使是寒暑假的時候，我也再沒有見過她，後來我才從同學那裏瞭解到她的父母在我們高中畢業的那年，調離了我們的那個小縣城。

從此，她便成了我內心深處的美好回憶。

然而，我沒有想到自己竟然還會遇見她，在八年之後。

進入醫學院後，對女人的神秘感覺依然存在，而且還更加強烈。

因爲我見過女人的身體，然而卻是匆匆的一眼。所以，潛意識裏對女人的渴望更加強烈起來。當然，這裏面還有一個原因——年齡的增長，身體發育的進一步成熟。

但是，我的內心是羞愧的，因爲自己見到的那個女人的身體是一個曾經對自己和眉善目的老人，而且還是我最好同學的奶奶。這種發自內心深處的愧疚心理，讓我不敢去面對周圍的一切女性，包括我們班上那些漂亮的女同學。

所以，學習成爲了我唯一的樂趣。

然而，外語卻是我天生的敵人。我對語言類的東西天生的不敏感，那些單詞讓我痛苦不堪，於是心裏十分痛恨外國人那樣講話、使用那樣的語言。

大學五年很快就過去了，寢室裏面的男同學們都曾經戀愛或者多次戀愛過，而我卻一直獨善其身。不是我的境界有多高，而是因爲我不敢去向那些自己喜歡的女同學示愛。心中唯有一種美好的回憶——自己中學時候的那位女同學。

讀研究所期間，曾經有兩年在醫院裏實習。師母很喜歡我，她覺得我老實本分，所以幾次給我介紹女朋友。但是那幾個女孩聽說我是學婦產科專業的之後，都禮貌地朝我拜拜了。內心的自卑更加強烈，從此見到女性的時候，更加不敢與她們交流。

研究生三年的學習讓我有了唯一的收獲——我的外語水準得到了極大的提高，這是愛情失敗的補償。所以，我一直相信一點：這個世界是平衡的、公平的，就如同物質不滅與能量守恆定律一樣。

中國人曾經用八年的時間趕跑了日本鬼子，而我卻在同樣的時間裏完成了自己的學業。上班的第一天，科室給我分配了分管的病床，同時還有一天的門診任務。

我上門診的時間是每週的星期天。因爲我剛剛畢業，像星期天這樣的門診時間就非我莫屬了。這不是欺負我，因爲科室裏的每一位醫生都是這樣走過來的。

我畢業那年，女性們對婦產科男醫生已經不再像從前那麼排斥了，而我內心深處的那種自卑感卻依然存在。我唯有用細心與和藹去對待每一位病人，來淡化自己內心的那一片灰暗。所以，病人們對我的印象還不錯。

說實話，在我的眼中，那些病人並沒有高矮美醜之分，我去看的唯有她們的那些特殊器官、以及附著在那些特殊器官上面的疾患。這不全是醫生的職業道德與個人的倫理所致，這是一種習慣。正因爲如此，有時候在大街上碰到一位漂亮女人時，如果她笑著與我打招呼並且自我介紹說她是我的病人的時候，我會對她全無印象。

我沒有想到自己居然會與她見面，我日思慕想的那位中學女同學趙夢蕾。那是我第二次門診的時候。那是一個星期天的下午。

而我們見面的地方卻是一個特別的地方——我的診室。

那天，正值一場秋雨過後，病房裏開有空調，所以並不像外邊那麼潮濕。我討厭潮濕的空氣。中午去食堂吃飯的時候，潮濕的空氣讓我的全身、特別是背部黏糊糊的很難受。雨後的氣溫已經降下來了，但我依然感覺到悶熱，匆匆吃完飯後，滿頭大汗地回到了診室。洗了一把臉，然後在診室裏面假寐。

假寐其實是一種閉目養神的狀態，而這種狀態卻往往容易進入淺睡眠。淺睡眠是夢出現最頻繁的時候。那天我就做夢了——

我的前方是她曼妙的身形，她在我的眼裏婀娜多姿地款款而行，咖啡色的褲子、淡綠色的上衣，一條馬尾辮在她頭的後面左右擺動，我能夠看到的她的肌膚處只有雪白的頸、擺動著的雙手，不，還有她兩隻小巧漂亮的耳朵，我朝一旁移動了一下自己的身體，眼裏頓時有了她美麗白皙的半邊臉龐。

她似乎發現了我對她的跟蹤，她在轉身來看。我大駭。頓時醒了，早已涼爽的身體頓時大汗淋淋。這一刻，我知道自己還是自卑的，因爲即使是在我的夢中、當她轉身的那一刻，我依然選擇了逃避——在這種情況下從夢中醒來，在心理學上講就是一種逃避。

不過，我的心情是激動的，因爲我夢見了她。雖然在激動之後是痛苦，但是我依然在心裏對她充滿著感激，感激她進入到了我的夢中。

下午兩點半，我的門診繼續進行。

「叫下一位。」在看完了兩個病人後，我吩咐護士道。隨即去洗手。轉身的時候發現，病人已經坐在了我辦公桌的對面了，但是，我的身體卻在我看見她的那一刻變成了石化的狀態。

「馮笑！怎麼會是你？」她也認出了我來。

她美麗的臉上的驚訝、歡愉的表情頓時牽動了我的神經，解除了我石化的狀態。那一刻，我內心的自卑、羞澀頓時遠離我而去，「趙夢蕾？我不是在做夢吧？」

我真的以爲自己是在做夢，因爲我剛剛才夢見過她。我是醫生，不相信這個世界竟然會有這樣的事情出現。

「馮笑，你怎麼會當婦產科醫生？」她卻在問我，臉上已經出現了尷尬的表情。

有一點我還是知道的，自己可不能給自己的女同學看病，況且她還是我的夢中情人。我不想破壞自己心中的那份美好。

於是我朝她笑了笑，「我帶你去讓隔壁的醫生檢查吧。女醫生。」

她隨即站了起來，「謝謝。」

看來她也不願意讓我給她看病。畢竟我們曾經是同學，大家太熟了，如果我給她看病的話，只能給我們雙方帶來尷尬。

把她交給了門診一位副教授女醫生後，我回到了自己的診室，心裏猛然地難受起來——她結婚了？不然的話，怎麼會到這裏來看病？

更精彩內容請續看《帥醫筆記》之一　慾望之門

# 醫拯天下II 之八 醫聖傳奇

作者：趙奪
發行人：陳曉林
出版所：風雲時代出版股份有限公司
地址：105台北市民生東路五段178號7樓之3
風雲書網：http://www.eastbooks.com.tw
官方部落格：http://eastbooks.pixnet.net/blog
Facebook：http://www.facebook.com/h7560949
信箱：h7560949@ms15.hinet.net
郵撥帳號：12043291
服務專線：(02)27560949
傳真專線：(02)27653799
執行主編：劉宇青
美術編輯：吳宗潔

法律顧問：永然法律事務所 李永然律師
北辰著作權事務所 蕭雄淋律師

版權授權：蔡雷平
初版日期：2015年6月
初版二刷：2015年6月20日
ISBN ：978-986-352-140-2

總 經 銷：成信文化事業股份有限公司
地　　址：新北市新店區中正路四維巷二弄2號4樓
電　　話：(02)2219-2080

行政院新聞局局版台業字第3595號 營利事業統一編號22759935


定價 ：280元　特惠價 ：199 元


國家圖書館出版品預行編目資料

醫拯天下.第二輯/ 趙奪著. -- 初版. -- 台北市：風雲時代，
2015.01- ;　公分

ISBN 978-986-352-140-2 (第8冊：平裝). --

857.7　　　103026479